AF436539

Cuentos del MULTIVERSO

Dirección editorial: Natalia Hatt
Corrección: Florencia Casella
Contacto: fcasella.correctora@gmail.com
Ilustración de cubierta e interior: Sabrina Mariel Roldán
Diseño de cubierta y maquetado: Sofía Olguín

D´Angelo, Matías
  Cuentos del multiverso / Matías D´Angelo ; ilustrado por Sabrina Mariel Roldán. - 1a ed ilustrada. - Paraná : Autopublicarte, 2022.
  138 p. : il. ; 20 x 13 cm.

  ISBN 978-987-8332-66-6

  1. Narrativa Argentina. 2. Cuentos de Ciencia Ficción. I. Roldán, Sabrina Mariel, ilus. II. Título.
  CDD A863

Cuentos del MULTIVERSO

Matías D'Angelo

*Este libro está dedicado a los niños de mi
familia: los que fuimos, los que somos,
los que seremos.*

Reconexión

Mi nombre es Seleion, también me llaman Khión. Mi nave está por ser destruida. Transmito a mi ser los archivos que mis enemigos están buscando. Observo el cosmos en una pantalla, en tanto que otras me muestran los impactos de las armas enemigas en el campo de fuerza de la nave y en los lugares donde la protección ha colapsado. Mantengo la calma. Debo escapar de los que buscan robar este conocimiento; su objetivo es utilizarlo para la guerra y la dominación.

Mi raza viaja a través del multiverso y se dedica a recuperar y preservar especies, conocimientos, tecnologías, arte e información. Tal vez hayan visto nuestros reflejos en sus historias. Somos de estatura baja y cabello blanco, que usualmente llevamos largo. Nuestra piel es de un color marrón claro casi amarillento y, en ciertas condiciones, podemos adquirir una estatura similar a la de los humanos. No intervenimos en los conflictos entre mundos y universos, a menos que nos amenacen de forma directa, pero los observamos y registramos sus historias. Intercedemos cuando algo está por perderse para recuperar la información. Me he especializado en el almacenamiento de datos. Soy uno de los mejores. Conozco lo que cada raza oculta y lo que ha olvidado, por eso me persiguen.

La estructura de lo que hasta ahora fue mi hogar está por desmoronarse. No quiero perderlo, pero no hay otra alternativa. Doy un largo suspiro. Furioso, triste y resignado, escapo en una pequeña nave de emergencia mientras la principal distrae a los enemigos y estalla.

Me encuentro en un espacio blanco, acompañado por unos seres muy altos, con cuerpos cristalinos de color rosa. Son parte de un concejo que supervisa el trabajo de mi raza y velan por el equilibrio de la existencia.

Estoy cansado: hace muchos ciclos que no regreso a mi mundo original. No recuerdo la última vez que mantuve contacto con mis semejantes. En las últimas fases, estuve viajando de un universo a otro ocupándome de los datos almacenados, en contacto con seres de otras especies y civilizaciones. Los rosas me asignan una nueva misión. No sé si aceptarla todavía.

Atravieso un portal y llego a un vacío violeta, solo ocupado por una estrella apagada hecha de algo parecido al cristal. Una vez en su centro, aterrizo en una plataforma y apoyo mis manos en su superficie. Los archivos que están en mí se descargan. Me siento vacío: esas historias ya no forman parte de mí, pero siempre las recordaré. Mientras me alejo de la estrella hacia el portal de regreso, veo cómo esta se enciende en una luz dorada que se esparce. Cierro los ojos y pienso en mi hogar.

Los archivos estuvieron protegidos hasta que comenzó el despertar. Atravesaron lo que ustedes entienden como el tiempo y el espacio y ahora llegan a sus manos en distintas formas, con las adaptaciones necesarias para que puedan entenderlos. Muchos de ustedes reco-

nocerán en ellos los mundos de donde provienen o los que visitaron, y podrán recordar. Otros los identificarán desde otra parte de su ser. Llegó el momento de reconectarse con lo que creían perdido. Mi trabajo de recuperación ha terminado.

Arcadia

Los sonidos y las luces de las máquinas de videojuegos te llaman. Miras las palancas y botones rojos, los dibujos de naves y castillos a los costados, las pantallas que destellan con personajes y escenarios de otros mundos. La mayoría de los arcades son aparatos viejos, y pocos entienden tu fascinación por ellos. Tus padres sonríen cuando te compran las fichas. Creen que son juegos. Tú sabes que son ventanas al multiverso.

Desde otro lugar, te observan.

—Es una de nosotros —dice uno de los altos.

—No lo sabemos —responde su compañera—. Es una candidata; debe elegir.

Sonríes porque superaste el nivel. Tu nave venció a la nube siniestra y rescata a los animales del planeta. El juego debería pasar a otro nivel o terminar, pero lo único que ves en la pantalla es una luz plateada.

Miras alrededor. El local está vacío, las otras máquinas titilan. Corres hacia la puerta, pero no puedes abrirla. Gritas y nadie responde. Escuchas la música del arcade. Giras hacia él y te golpea una luz.

Despiertas en un vacío blanco. Frente a ti hay un estante lleno de juguetes. Corres, eufórica. Muñecos azules, reptiles, hadas, enanos verdes, muñecas altas y rubias, elfos, esqueletos, amazonas futuristas zombis y valquirias espaciales. También, distintas naves y vehículos, animales desconocidos y monstruos. Te diviertes un buen rato, pero sientes que debes elegir uno. Tomas una de las muñecas altas y rubias. En otro universo, ellos asienten. Un destello, el lugar cambia.

Te encuentras frente a una mesa con distintas joyas y accesorios. Tiaras, pulseras, muñequeras, aros, vinchas y collares, todos con símbolos raros: hélices, espirales, varios tipos de estrellas, dragones, triángulos, rayos, mariposas... Eliges una pulsera con tres rombos superpuestos.

—Confirmado. Es una de nosotros —expresó uno de ellos.

No puedes escucharlos, pero sientes que te observan. Sacudes la cabeza y tomas un colgante con un dije en forma de rosa. Los altos se quedan en silencio durante unos segundos.

—Es una convergente.

Posas frente a un espejo, feliz por tus nuevas adquisiciones. ¿Dónde estás? Te parece que es un sueño y decides disfrutarlo. Entonces, sientes el cosquilleo. Surge de los accesorios y transforma tus ropas. Llevas una capa blanca y un traje amarillo con pollera. En tu pelo largo y castaño aparecen unas hebillas doradas. En tu cinturón blanco hay varios accesorios y un láser enfundado. Observas tu reflejo maravillada antes de escuchar un rugido a tus espaldas. La criatura con garras y escamas, con las fauces abiertas y babeantes, se lanza hacia ti. Sin vacilar, desenfundas y disparas; el monstruo se convierte en luz.

De pronto, la pulsera en tu muñeca empieza a brillar. La tocas y estás en otro lugar, una hermosa pradera llena

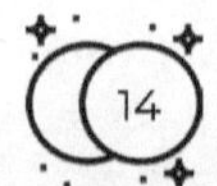

de flores gigantes y árboles naranjas. Aparecen frente a ti: miden más de dos metros, tienen el cabello rubio y largo hasta los hombros. Visten trajes de un azul metálico, pegados al cuerpo.

—Volveremos a vernos, Josefina —te dicen, y extienden sus manos.

Surge una luz, solo puedes cerrar los ojos.

Game over. La pantalla muestra esa leyenda con tu nombre debajo, al lado de un gran puntaje dorado. Parpadeas, tratando de entender. A tu alrededor hay más chicos que juegan en las máquinas de videojuegos. Las puertas del local están abiertas. Te alejas del arcade. Sientes algo en el pecho y en tu muñeca. Acaricias la pulsera y aprietas en tu mano el dije en forma de rosa.

El comandante interestelar del futuro

El comandante se adentrará en el planeta desconocido. Los árboles serán similares a los de su mundo, solo que con tentáculos y ojos (no, en vez de ojos, bocas). Y serán de color púrpura. Algunos estirarán lenguas para cazar insectos. En un cielo desconocido, el aventurero imaginará nuevas constelaciones y descubrirá otro matiz del polvo cósmico.

Tras vencer las interferencias de la nueva atmósfera, llegarán señales de la nave al comunicador en su muñeca, pero estará muy ocupado juntando muestras. Pondrá una roca y un fruto multicolor en los bolsillos de su traje. Los de la nave insistirán con las señales porque no entenderán la importancia de la misión. El comandante recordará las advertencias de sus superiores y sacará su arma láser. Estará por retomar su labor cuando escuchará unas pisadas.

La rama se cayó de sus manos. Santiago, que hasta ese momento había estado ignorando los gritos de sus padres, sintió miedo. Miró alrededor y supo que detrás de uno de esos árboles había algo. Quiso chillar o correr, pero ya no podía moverse. Una ameba humanoide y alta, hecha de luz azul, se le acercaba. En su rostro tan solo había unos ojos con un brillo lunar. La criatura lo observó. De su cuerpo surgieron unas manos que extendió hacia el niño. Santiago repitió el gesto y miró al ser, ya sin miedo. Signos de luz entraban en sus palmas.

El comandante volverá a la nave donde, sin obviar el reporte disciplinario, lo recibirán con alivio. Llevará las muestras de regreso a su planeta.

Mientras viajaban por la autopista, se hizo de noche. En el cielo una estrella azul parpadeó y el niño sintió un cosquilleo en las manos. Cerró los ojos y supo, antes de olvidarla, su nueva misión.

El concilio pretérito

El círculo estaba completo. En el centro, una esfera de niebla contenía la nueva forma.

—Olvidarán —dijo Escamas Violetas y Pelo Largo Blanco.

—Les dejaremos remanentes —aseguró Felina Oscura—, guías y rastros del origen. —Junto a ella, Transparente Líquido asintió y miró la pirámide de luz que descansaba a varios metros.

Cánido giró hacia las montañas, escuchó el lejano murmullo del mar y sintió aromas desconocidos que anunciaban la transformación.

—Nuestros territorios ahora serán otros —dijo Fluctuante Azul y lo tomó de la mano. Cánido asintió e hizo fuerza para no aullar.

—Es el nuevo tiempo de la nueva forma —pronunció Alas Emplumadas.

—Está decidido por unanimidad. —Felina Oscura apuntó sus manos hacia la esfera blanca, y el resto la imitó. La burbuja se elevó, alejándose de ellos hacia la costa.

—Casi —afirmaron en voz baja Sombra y Niebla cuando el círculo se desarmó y sus integrantes entraron a la pirámide. Momentos después, esta desapareció—. Comencemos con nuestro plan —dijeron.

La Dama Escamas

Soñaba con sangre y con fantasmas negros, con estrellas y planetas nuevos, con lagartos y serpientes. Estiraba sus manos para liberarse o, tal vez, para acariciar el horror. Caminó rápido, presa de la rutina, hacia la puerta de su casa, abrigada y con los auriculares puestos. La abrió y se paró en seco: la niebla había borrado las calles y los edificios; la realidad parecía haber sido engullida por una extraña fuerza que la dejó a medio masticar entre mundos. No volvió a pensar en eso, y apuró la caminata hacia la parada del colectivo.

Le pareció raro hallarla vacía. Cuando se sacó los auriculares, no encontró el silencio que esperaba, sino un zumbido bajo y punzante. A su lado, una burbuja demasiado grande para ser normal, demasiado bella para ser extraña, estaba suspendida en el aire. El zumbido se volvió agudo y una energía la recorrió. Ahora su piel tenía escamas violetas; su mano, tres dedos sedosos con uñas brillantes. Su lengua bífida dio unos latigazos y el gusto le dijo que había otros alrededor, quizás detrás de la niebla.

La burbuja desapareció, la niebla y su piel escamosa también. Llegó el colectivo y se subió con el resto de los pasajeros. «Recuerda tu misión», dijeron los del otro lado. Volvieron la niebla y la soledad, las escamas y las uñas filosas. Iba a obedecer, pero se detuvo. En cambio, mostró sus colmillos y siseó. Clavó sus garras en la bur-

buja, que se resquebrajó antes de estallar.

Abrió los ojos, de nuevo en el colectivo. Las últimas escamas desaparecían de su muñeca. En algún lugar, un dragón volaba.

Cronal

El mundo es un basural. Está quemado, muerto.
Ya ni siquiera podemos escapar a otro planeta.
Somos la escoria del cosmos.
La única opción es el pasado.

Recuerdo a mis padres ya fallecidos mientras espero en la fila hacia el Destello Blanco. Todo es metal gris, sucio, oxidado. Hay grasa y químicos contaminantes en el suelo. En nuestro mundo estamos enfermos, a punto de morir, pero el Destello nos cura antes de transportarnos porque cambia nuestros cuerpos. Mantenemos nuestra apariencia, aunque somos otra cosa. Fluctuamos cuando nuestro yo anterior está en ese lugar: quienes éramos antes del desastre. Viajamos sin un rumbo exacto, porque no sabemos en qué año estamos ni podemos controlar al Destello. Es mi turno; vuelvo a pensar en mis padres y en mi niñez antes de saltar hacia la luz blanca.

Ese era uno de mis juegos favoritos. Aburrido en un tren, un colectivo o mientras acompañaba a mis padres durante sus compras en el centro comercial, buscaba a mis versiones del futuro. Imaginaba que el resplandor blanco me salvaba de una urbe de neón gastado y paredes de esmog. Algún organismo secreto del gobierno nos investigaba, las personas creaban leyendas sobre nosotros o nos veían como los fantasmas de sus ancestros. Con algún consejo o profecía intentábamos cambiar nuestro destino, pero siempre fracasábamos. Cuando el Destello nos permitía alcanzar la suficiente solidez, vivíamos infiltrados en el pasado, a veces con la ayuda de las autoridades de la época, y evitábamos cruzarnos con nuestras versiones previas para no generar traumas psicronales. Si las teníamos cerca, empezábamos a fluctuar.

Infiltrarnos tampoco funcionaba,
pero seguiríamos insistiendo.
Hasta lograr la salvación
o destruir el continuo espacio-tiempo.

Salgo del laboratorio. Solo algunos caminamos con pañuelos o máscaras por la calle; los demás parecen resignados al aire sucio. Durante el viaje de vuelta a casa, se descompone la refrigeración del subte. Furioso, intento evadirme en mi hologram, al igual que el resto. Entonces, lo veo: es el fantasma de mi padre. No sé si es por el calor o la falta de oxígeno, ¿estoy alucinando? Él me reconoce, pero se asusta y me ignora. Se baja apurado en la estación siguiente y voy tras él.

Me echa otra mirada antes de ponerse la máscara, y acelera el paso. ¿Cómo es posible? Mi padre, ¿vivo? Enseguida me doy cuenta: ¡soy yo! Cruzamos la plaza atestada, bajamos y subimos escaleras, giramos en esquinas y atravesamos un parque. Ya no sé dónde estoy. Se abre una puerta de metal y sigo por un pasillo detrás de él (de mí) casi sin aire.

Me detienen. No son militares ni policías, pero me esposan y me llevan a punta de pistola. Doy una última mirada a mi futuro, que comienza a distorsionarse.

Capuchas Rojas

Estás cansada de la guerra contra los lupinos. Todos confían en tus habilidades, por eso te volviste una capucha roja. No conocen tus miedos. Ser capucha azul era interesante: cuidabas el faro; hablabas con las ondinas, los silfos y las sirenas, e informabas a los barcos acerca de las mejores rutas. En verdad, querías ser una capucha verde y trabajar en el bosque con los elfos sanadores. Lo intentaste, pero sucedió algo que cambió tu rumbo: un ataque de los lupinos. Todas las Capuchas Verdes escaparon, menos tú. Estabas furiosa. El bosque era tu hogar, no iban a echarte. Tomaste un hacha, y antes de que el primer lupino se lanzara sobre ti, cortaste su cabeza. La sangre tiñó parte de tu capa y cuando llegaron las Capuchas Rojas, que alabaron tu valentía, lo tomaron como una señal. Desde ese momento, serías una de ellos.

Dejas de recordar y suspiras. Enfundas tu nueva arma, un invento que las Capuchas Rojas descubrieron en otro mundo. Ya no más espadas o hachas de plata. Te sacas la capucha. Querías encontrar al lupino que perdiste en la cascada, te hubiera gustado probar el arma contra él, pero ya habrá tiempo.

De pronto, escuchas un grito. Sacas el arma y corres hacia el lugar. Reconoces su voz. «¡Es Virginia, una de mis compañeras!», piensas. La llamas, pero no responde.

Al llegar, la encuentras inconsciente, recostada sobre su capa roja, apenas ensangrentada. Respira. No sabes si es mejor encontrarla así o muerta. Abre los ojos. Siempre te costó creer lo que te enseñaron tus maestros. Ahora, con ese brillo nuevo en la mirada de Virginia, no puedes dudar.

—Gracias por venir a rescatarme. —Te abraza, y te alejas enseguida. Su mirada se endurece.

—¿Qué te sucede?

—El lupino te mordió. —Señalas la marca en su brazo. Virginia sonríe.

—Estuvimos equivocados todo este tiempo. —Tu compañera se lleva las manos al pecho—. Me he conectado al cielo, a la tierra y a los árboles. Hablo el lenguaje de los animales del bosque. —Sus ojos aumentan de tamaño, sus orejas se ponen en punta—. Siento una gran fuerza y poder. Mi vida anterior, incluso como una de las mejores capuchas rojas, no era nada. —El pelaje grisáceo la recorre—. Esto es estar viva, y puedo compartirlo contigo —afirma con una voz más grave.

En otros mundos los lupinos son diferentes, y desearías que uno de esos la hubiera mordido. Así, quizás, tu amiga solo hubiera convivido con el espíritu de un lobo y habría formas de domesticarlo. Pero en tu mundo los lupinos nacieron de espíritus oscuros, demonios que absorbieron al humano y al lobo para robar sus características; no conviven con su huésped, controlan su cuerpo y su mente.

—Aléjate.

—Es algo sin igual, las Capuchas Rojas solo quisieron ocultárnoslo.

—¡Por favor! Sé lo que eres. Cualquier Capucha Roja lo aprende el primer año: tendrás el cuerpo y los recuerdos de Virginia, pero eso es solo una máscara.

Silencio.

—Puedo dejarte hablar con ella, si quieres. —La falsa Virginia sonríe y muestra los dientes filosos.

—Imposible. Su alma ahora está presa y observa cómo tomas su lugar. Solo hay una manera de liberarla.

Tu amiga vuelve a su forma humana y te mira con tranquilidad.

—No es como piensas, querida. —La expresión y la voz son tan parecidas a las de Virginia… Quieres abrazarla—. Es incluso mejor que en los otros mundos. Somos tres en uno: un lobo, la fuerza de la naturaleza; un humano, el conocimiento de la razón, y un demonio, el poder del cosmos.

Extiende sus brazos. Retrocedes con los ojos vidriosos y una mano en el interior de tu capa. ¿Y si dice la verdad? Su sonrisa cambia a una mueca, su mirada tiembla. Por un segundo ves a Virginia, atrapada en algún rincón de esa conciencia sombría. Te pide el mayor sacrificio, mientras un cuerpo que ya no es el suyo crece y se llena de pelos. Lo aceptas y desenfundas el invento de otro mundo: dos cañones largos, que sostienes con ayuda de una base de madera. El monstruo avanza y gritas antes de apretar el gatillo.

Es tarde. Deberías volver para informar a tus maestros, pero caes de rodillas sobre la tierra removida y lloras. Escuchas un aullido. No puedes perder más tiempo. Observas el arma del otro mundo: una escopeta. Cuando te dijeron el nombre, ¡sonó tan extraño! Ahora disparas balas del metal sagrado que acabará con los lupinos. Te cubres con tu capa roja, abrigándote del frío, y das una última mirada a la tumba antes de sumergirte en la oscuridad del bosque.

La caja

El hombre de bigote y galera apenas miró las zapatillas que le trajiste y sobre las que tanto hablaste. Se las probó y te hizo muchas preguntas.

—Me convenciste —dice ahora, y sientes la satisfacción de haber realizado otra venta. Ha sido un día arduo en el negocio y trabajaste mucho.

Guardas las zapatillas y le preguntas si pagará en efectivo o con tarjeta de crédito.

De pronto, ya no tienes la caja en las manos. Ya no te encuentras en la zapatería, sino en un cuarto de paredes marrones. Te preguntas dónde estás. Sientes un fuerte olor a cartón. Miras hacia arriba, y el rostro gigante sonríe. Quieres gritar, pero la tapa cae enseguida y todo es oscuridad.

Temprano

Abro la puerta. Cuando me ve, suelta el control remoto y deja las frituras a un lado.

—Creí que llegabas a las seis —dice mi gato.

Lupina

Suspiras, buscas relajarte. El perfume del bosque a tus espaldas y el fresco de la noche te ayudan. Guardas tus armas, te sacas la capucha. El lupino escapó, ya lo encontrarás. Recuerdas su sonrisa y te preguntas por qué te trataba como a un igual. Aprovechas la luz plateada: te cubres la herida con las vendas que guardaste en un bolsillo interno de tu capa roja. Tuviste suerte, fue solo un rasguño.

Lo sabes desde que entraste a su casa. Escuchaste su voz, viste la piel lisa y el cabello que empezaba a recuperar su color, pero quisiste despedirte, asegurarte de que ya no estaba ahí.

—Abu... estás cambiada.

—Ahora soy mejor —sonríe. Ya no es más una anciana, y sus orejas se vuelven puntiagudas—. No te imaginas lo que puedo oír y ver. —Sus músculos crecen, un cabello espeso y marrón la cubre, y sus ojos se llenan del conocimiento selenita—. El olfato... Es todo un mundo nuevo. Y las distancias que alcanzo al correr, los saltos que me llevan de un extremo a otro del bosque. Es maravilloso. —Camina hacia ti y llevas la mano hacia el interior de tu capa roja.

—Abuela... por favor, retrocede.

—Cuando... cuando lo haga, lo entenderás. Viviremos muchos años juntas.

El monstruo avanza.

—¡Abu, no!

Hubo una explosión roja. Te hubiera gustado llorar; limpiar las paredes, el piso y el arma, y enterrarla para olvidar el horror más grande, pero no tienes tiempo. Quitas las vendas de tu brazo, el rasguño es negro. Buscas el antídoto en tus bolsillos, pero no está. Pronto serás uno de ellos, a menos que lo consigas.

El rasguño se inflama.

Dejas tus armas; necesitas mayor velocidad para atravesar el bosque a tiempo. Escuchas aullidos lejanos y temes cruzártelos.

El rasguño supura.

Sientes la luz plateada sobre ti y terminas de comprender la burla del lupino.

El rasguño comienza a latir... Ahora solo puedes correr y confiar en llegar antes de que ocurra la transformación.

Libre

I. Siempre me gustaron sus destellos: el volar de las ishtares era todo para mí hasta que fui consagrada.

II. Miras a las ishtares en el cielo y suspiras.

III. Su cuerpo arde en sintonía con su alma, pero ella no comprende. Mira los libros desparramados, siente la energía en su pecho y se entrega al cielo.

IV. Las davkinas cultivamos la tierra y la protegemos. Hablamos verde y gris.

V. Desde niñas aprenderéis las artes que atraviesan al todo, sabréis lo que se esconde más allá y emprenderéis el camino de Tiamat, del que vuelven las elegidas.

VI. Ellos vendrán a buscarla en nombre de Tiamat y solo encontrarán cenizas. Llorarán por el brillo que alguna vez vieron en el lugar equivocado. Ellas, las ishtares, seguirán con sus destellos, y cada vez serán más.

Viajeras

Para mi hermana:

Escuchaste las historias que nuestra madre te contaba sobre esa niña que abría una puerta, atravesaba un espejo o se sumergía en un lago, y viajaba a otros mundos. Te asombraban sus detalles y su imaginación, en especial ese relato donde la chica perdía el control y un tornado se llevaba a un pueblo entero.

Una vez viste lágrimas en sus ojos y una pequeña sonrisa, y se te ocurrió algo que descartaste en seguida.

Bajas las escaleras. Las sombras de la casa aún te dan miedo, pero ya no puedes dejar que te impidan llegar a la cocina para el tradicional vaso de agua antes de dormir. Te sobresaltas. Es una estela blanca que reconoces.

—Ma…

No te escucha, entra a la cocina. La pierdes de vista cuando dobla hacia la heladera y un destello áureo ilumina el lugar. La alcanzas y encuentras la cocina a oscuras.

—¿Ma?

Prendes la luz. Nadie. Frunces el ceño, miras hacia el comedor, luego hacia el pasillo que lleva a su cuarto. Te encojes de hombros antes de abrir la heladera. Una espiral de luces y colores aspira el aire que te rodea.

Maravillada, te inclinas para ver las estrellas lejanas. Sus-

pendidos en esa energía que atraviesa el cosmos, llegas a ver castillos, bibliotecas fantasmales y, durante un segundo, el ojo de un reptil gigante.

Tiemblas, asustada, y estás por cerrar la puerta, pero te detienes al sentir un poder que te recorre de pies a cabeza.

Sonríes. Cierras los ojos, inspiras profundo y saltas.

Descubrirás el secreto de la familia. Conocerás universos con paisajes desconocidos para la mayoría de los humanos, también seres que adornarán tus sueños o alimentarán tus pesadillas. Tendrás un nuevo nombre. Deberás ser fuerte para hallar el balance entre la luz y la oscuridad en tu interior. Recuerda que siempre contarás con la ayuda de nuestros padres y la mía. Cuando me llames, verás una luz roja: no te preocupes, voy a llegar detrás de ese destello.

Tu hermano, el Guardián Rojo

Mensajera

Tocó el césped y las piedras le hablaron. Se levantó con el aroma de la hierba y la tierra mojada en su interior, y siguió la hilera de rocas con glifos tallados. La mujer de cabello largo y túnica verde se adentró en el bosque guiada por esa sensación, ese hormigueo en las palmas, el entrecejo y los pies, mientras caminaba sobre el pasto húmedo, mientras se apoyaba en un árbol a descansar o se inclinaba hacia la corola de una flor.

Llegó hasta una cueva formada por las raíces de un árbol inmenso; sus hojas brillantes perfumaban con frescura. Sintió paz, y un tiempo después de inhalar esa fragancia, empezó a ver los copos de luz y el llamado multicolor desde el interior de la cueva. Se acercó, inspiró con fuerza y saltó hacia el túnel de luces y matices brillantes.

Le hablaron los del otro lado, los que estaban hechos de reflejos lunares, vientos del sol, raíces y cristales de la tierra. Le dieron un mensaje que llevó de regreso a través del árbol de copos de luz, pero los ancianos no quisieron escuchar. La llamaron hija del devastador y dijeron que siempre había sido extraña. La arrastraron hacia donde convergían los senderos. La ataron, escupieron y golpearon frente al resto para que nadie se atreviese a trasgredir. Cuando quisieron quemarla, vinieron los del otro lado y se la llevaron en una esfera de luz. La gente, furiosa, se lanzó contra los ancianos.

El jardín de las viajeras

El árbol parecía dormido hasta que de un hueco entre sus raíces empezaron a salir luces multicolores, arremolinadas, mezcladas. De ellas emergió una chica de cabellos castaños en pijama. Abrió los ojos. Era de día, yacía sobre la hierba y la rodeaban árboles altos y frondosos, algunos cubiertos por enredaderas. Se incorporó y vio plantas de frutos rojos y amarillos, senderos que se alejaban en distintas direcciones y, más allá, entre unos arbustos, un aljibe. Se frotó los ojos e inspiró el aire fresco. Sentía el calor del sol, pero era diferente, como si lo conociera por primera vez.

—Mamá —dijo al verla acercarse—. ¿Dónde estamos? ¿Por qué estás vestida con un manto violeta? ¡Oh, me encanta esa tiara con estrellas!

—Tú me seguiste.

Entonces, lo recordó.

—Iba de madrugada a buscar agua y me pareció verte entrar a la cocina. Estaba a oscuras y cuando abrí la puerta de la heladera, había una especie de portal dentro que... —La chica abrió los ojos asombrada cuando terminó de comprenderlo y miró alrededor—. Todas esas historias... Alicia, Dorita...

—Te estaba preparando para poder guiarte hacia nuestro jardín secreto —explicó su madre—. Hoy comienza tu entrenamiento.

Colección

Al despertar de un sueño con visiones de gigantes fuga-
ces, me encontré en una torre. Lo primero que recuerdo
son sus ojos azules, inmensos. A pesar de que las mura-
llas transparentes nos separaban, ella me halló. Sentí el
calor de sus manos y su voz lejana antes de hundirme de
nuevo en la inconsciencia.

Otra vez sus ojos, más nítidos. Con un estruendo, me
liberó de la torre y rugió victoriosa. «¿Qué es esta criatura colosal?», pensé, aterrorizado. Vi los colmillos y las
fosas descomunales; los cabellos que, como tentáculos
dorados, caían detrás de su cabeza, y más allá, paisajes
que no puedo definir. A mis espaldas, el coro alababa a
la gigante: «Es fuente de vida y de muerte, es pérdida
y propósito, es conocimiento e ignorancia, es Khari. Su
amor nos despierta, su voluntad nos comanda, su pala-
bra nos transforma».

Khari era el nombre de la gigante, que volvió a rugir y
me bautizó: Serás el caballero Dhalm. Me puso un casco
y me entregó una espada. Hoy volarás, me dijo. Su mano
inmensa me tomó y atravesé un túnel de viento y luces
rumbo a otros mundos. Luché contra dragones, felinos
bestiales, basiliscos y monstruos que no puedo descri-
bir. Finalmente, Khari me llevó hasta la habitación de un
castillo extraño y colorido, y me sumergí en el sueño.

—Despierta, caballero Dhalm —dijeron.

Eran otros como yo, me rodeaban. Había una prince-

sa que acariciaba a un unicornio. También, un pirata de barba roja con una bandana azul y un telescopio. Un anciano que parecía ser el líder me sonrió, acercándose con su bastón.

—Bienvenido, Dhalm. Ahora esta es tu casa.

Los demás vitorearon mientras me levantaba.

—¿Qué es este lugar? No recuerdo de dónde vengo.

—Soy el mago Khem —pronunció el anciano, apoyándome su mano en el hombro, y empezó a explicarme—: Vinimos desde reinos y tiempos muy diferentes para servir a la gigante Khari, que nos bautiza y nos da sentido. Su toque y su atención nos alimentan. A veces olvida a uno de nosotros —el anciano señaló a un hada en un rincón; estaba recostada y quieta, con sus alas verdes apagadas y la mirada vacía—, aunque tarde o temprano Khari regresa a darle la vida.

—¿Por qué nos olvida?

—Uno de mis maestros afirmaba que no era olvido, sino castigo, pero ella es misericordiosa. Todo es de acuerdo a su plan.

—Khari es la única y grandiosa —intervino el pirata.

—No es la única —dije y Khem, el mago, me miró furioso.

—¿Qué quieres decir?

—Hay otros gigantes. Los he visto durante el sueño.

—Imposible —sentenció. Quise seguir hablando, pero la mirada del mago me calló. Se alejó, seguido por el pirata y la princesa.

Me acerqué a la ventana del castillo y solo pude ver sombras lejanas de distintos colores: los mundos a los

que me había llevado Khari. Esa misma noche, me trasladó a un reino de piso celeste, blando y cálido. Escapé y llegué a una tierra oscura y subterránea, donde hallé a otros como yo: antiguos caballeros, reinas, reyes y criaturas extrañas; todos cubiertos de polvo y mutilados. Me miraron, no dijeron nada.

Khari me encontró y fui llevado de nuevo al reino celeste. Mientras la gigante cantaba mis aventuras, los mutilados seguían en mi mente. Una vez que la colosal se durmió, me encontré con un ser pavoroso que estaba también a su servicio. Tenía cabeza azul y ojos celestes, y usaba una máscara roja en su boca. Estaba protegido por un traje que era rojo en los brazos y las piernas, pero amarillo y azul en la parte del pecho.

—No me temas —dijo con voz metálica—. Soy un ser de otro mundo, lo que Khari llama un extraterrestre.

Un rugido nos hizo estremecer. Giramos asustados hacia ella, pero seguía durmiendo.

—Existen otros gigantes —me contó el extraterrestre— justos y piadosos más allá de este universo. Uno de ellos me devolvió el brazo que la grandiosa me había quitado —aseguró, agitándolo.

Tal vez Khari sospechó que planeábamos escapar o el mago Khem le avisó. Quizás sabe todo, como asegura el anciano. Habíamos estacionado la nave del extraterrestre debajo del reino celeste para rescatar a los mutilados. El hada de mirada vacía se había reanimado y estaba con nosotros, al igual que un caballo alado violeta, una bruja que encontramos cubierta de un pegamento rosa y dulce, y un robot azul. Sabíamos que el gigante que había sanado al extraterrestre podría ayudarnos. Estábamos embarcando al último compañero en la nave cuando apareció Khari y sacudió sus tentáculos dorados. Sus chillidos preguntaron cómo habíamos llegado hasta ahí. Guardamos silencio. La colosal nos tomó con sus manos inmensas y nos encerró en un cubo oscuro.

Hola, ¿el precio es por el lote completo? ¿Estás en Capital? Saludos. Jorge

Sí, es por el lote completo. Durante la semana estoy en Lugano y los fines de semana, en Parque Centenario.
Karina

Genial, lo paso a buscar.
Jorge

Alguna vez vimos un destello de luz, pero enseguida volvieron las sombras. Ignoramos cuántos ciclos pasaron. Al despertar, estábamos frente a un nuevo gigante. Reparó a los mutilados, quitó el polvo, arregló nuestras ropas. Nos devolvió la vida y construyó un reino para nosotros con un lago, árboles y animales, y también un hermoso castillo donde los reyes y las reinas conviven en paz con caballeros, brujas y hadas. En el cielo está suspendida la nave desde la que nos saludan el extraterrestre, el robot y sus compañeros. No sabemos qué fue de Khari. A veces recordamos haber escuchado su rugido apagado y sus extrañas vibraciones en el mundo oscuro, poco antes del nuevo despertar. No la añoramos. Ahora Jhor es nuestra vida y propósito, nuestro conocimiento.

Jorge terminó de armar la maqueta. Estaba muy satisfecho. Gracias a esa compra de juguetes usados por Internet, pudo agregar muchas piezas a su colección. Miró el paisaje que había creado: un castillo medieval con una nave espacial aproximándose. Observó a los muñecos que lo habitaban y, durante un segundo, le pareció que sonreían de verdad. Solo faltaba colocar los cristales. Una vez que lo hizo, volvió a mirar la maqueta. Notó que el caballero estaba frente al lago. ¿No lo había puesto en la torre? Se encogió de hombros y abandonó el cuarto con una sonrisa. De ahora en más, su colección estaría protegida en su propio mundo para siempre.

CALAVERAS

En una ciudad sombra que antaño fue de cristal, los restos de las construcciones fluctuaban porque todavía eran materiales, aunque fuera un poco. Allí, los esqueletos envueltos en pieles y carnes transparentes, con líquidos y órganos oscuros en su interior, miraban una esfera de cristal rota, fantasmal, que escupía niebla. Y en el centro de ese sol de humo blanco estaba Lucio, durmiendo en su cama.

Desplegando sus alas transparentes, llegarán desde la urbe de eterna noche y se colarán entre los espacios que dejaron las sombras que nos visitan. Sentirás sus manos frías en el pecho, los brazos y las piernas; despertarás con una inspiración filosa que se clavará en tu corazón ya desbocado y querrás gritar, lleno de pavor, ante los rostros cadavéricos que succionarán tu vida.

Lucio temblaba desnudo en el calabozo helado. Su piel perdía el color y ya veía su interior teñirse de negro. Sentía un frío ácido en la espalda, donde tenía dos pústulas inmensas que estaban a punto de reventar. No le habían dado opción. Venían a su mente todos los afectos que había tenido que dejar atrás y que ya no querrían saber nada de él después de su transformación. Lloraba e insultaba a los calaveras por haberlo despojado de su vida en una noche cualquiera, como esas de su infancia en las que se había convencido de que los monstruos no existían. Ahora sabía que ese mundo espeluznante era real, y lo maldijo. Pronto sería uno de ellos, por dentro y por fuera. Ya tenía otros pensamientos y sentimientos que se enroscaban e integraban a su ser, que torcían todo lo que había sido. Las pústulas estallaron y el líquido que supuraron se transformó en nervios, músculos y huesos. En poco tiempo, ya podía extender sus alas. Cuando sus nuevos hermanos vinieron a buscarlo, estaba preparado. Lo acompañaron hasta una azotea en ruinas, desde donde pudo ver las calles ajadas y los espectros que las transitaban. Los calaveras extendieron sus alas y volaron. Él los siguió, zambulléndose en un cielo con estrellas y planetas desconocidos.

Infausto

Abrió los ojos. Se estremeció. Nunca más volvió a cerrarlos.

Progenie

La habían casado. Así lo exigía la tradición a su edad, y así lo había decidido su padre. Ahora le debía obediencia a su marido, tan distinto a lo que ella deseaba. Cumplió e hizo fuerza por ignorar aquello que se revolvía en su pecho y tensaba sus manos.

Descubrió que podía confesar sus deseos a las sombras que la visitaban de noche mientras su marido roncaba. A pesar de que ellas balbuceaban rimas en otro lenguaje, se hacían entender. Al saber que algo se retorcía en su interior, sintió asco y dolor, pero también, un vínculo.

Sus padres, su esposo y sus hermanas sonreían. Sintió que la habían usado para dar un fruto a la bestia con la que la habían casado. Odió y amó a ese fruto, y deseó que fuera una rebelde que, guiada por ella, comenzara una transformación. A medida que su vientre crecía, también lo hacían extrañas imágenes en su mente, donde los hijos osados escupían fuego y volaban con las aves del desierto.

Él esperaba que le trajeran a su primogénito, al heredero de lo que estaba construyendo y de lo que él era. Ya sabía su nombre, quién sería y qué haría. De las mujeres se ocuparía su esposa. El grito de las comadronas interrumpió sus pensamientos. Horrorizado, se levantó de la silla de un salto y corrió hacia la sala de parto.

Se despertó cubierta de un líquido violeta y sintió aroma a quemado. Ya no había rastros de las comadronas. Reconoció a su marido en lo que quedaba de un esqueleto carbonizado. Recordó que él le había gritado bruja al ver su transformación. Giró hacia el caballo con alas y escamas violetas que estaba a su lado. Este abrió la boca y una lengua bífida la tocó, cubriéndola de baba morada. Se hundió en su mirada por unos segundos; luego, cerró los ojos y abrazó a su hijo.

Cuando cabalga por el cielo, los hombres corren a esconderse. Algunas mujeres, aquellas que a la noche escuchan más allá del viento y de la arena, se quedan. Y la reina de escamas baja y se las lleva.

PIEL

Para Marcos eran lunares. Lunares gordos, óvalos de pelo chiquito y marrón que habían invadido su piel uno tras otro. Los médicos les decían angiomas, queratosis, nevus, mutación de la piel... Una colección de nombres para algo que no podían comprender.

Los lunares de Marcos surgían de la hipodermis, eso le había dicho el último médico. La sustancia que los generaba atravesaba sus poros y era exudada por la piel hasta formar esas pequeñas manchas que crecían e iban cubriéndolo todo. Apenas se le veían las manos y los párpados del ojo derecho. El pelo había empezado a caérsele, invadido por esas ratas ovoides.

Por las noches, soñaba que lo tapaban por completo y que se perdía dentro de la masa de óvalos peludos, absorbido por una nueva criatura mezcla de oso y pulpo que tomaba el control.

Varios médicos habían intentado extirparle con cirugía las queratosis mutantes, pero solo habían logrado retirarle unas pocas antes de que empezaran las hemorragias. A Marcos ya no le quedaba esperanza. Acostumbrado a esa pequeña sacudida de pavor de la gente antes de ignorarlo, concurría cada vez menos al médico.

—No entiendo — le repetía el doctor al ver la biopsia—. Si tu piel está debajo de eso, deberíamos poder sacarlos.

—Nunca le había creído cuando le decía que los lunares tenían raíces con las que se sujetaban a él—. No debería hacer esto, pero... Tomá, Marcos.

El médico le pasó un sobre con un extraño polvo verde:

—Me lo dio un monje tailandés que te vio en la sala de espera. —El joven asintió tras recordar al hombre de túnica naranja—. Dice que tomes una cucharada disuelta en agua caliente por tres días, y que en el último te hagas un baño de inmersión con lo que quede. Probar no cuesta nada.

«¿Me está cargando?», pensó Marcos. Se levantó, furioso y harto. El médico quiso decirle algo, pero se limitó a mirar con el ceño fruncido a su paciente mientras este bufaba y apuraba su salida.

El primer día no pasó nada. El segundo, Marcos pisó algo al bajar de la cama. Los lunares reventados formaban manchas en el piso; de solo verlos, su corazón se aceleró. Después de revisar extasiado en su reflejo los huecos de piel inmaculada que tenía en la espalda, corrió feliz por la casa para buscar rastros similares. Encontró otros pedazos en la cocina; pensó que tal vez fueron los primeros en caer y que los había aplastado sin darse cuenta. No quiso contarle nada al médico. «Cero noticias hasta asegurarme», se dijo.

Se relajó en la bañadera llena de espuma verde. Se hundió en el agua. Una sonrisa nació en su cara al ver que los lunares empezaban a despegarse uno tras otro. Los últimos se deslizaron por su cuerpo cuando salió apurado. Se miró la cara en el espejo; luego, el pecho, los brazos, las piernas... El cuerpo entero. Nada, ni un lunar. Ninguno de esos asquerosos óvalos peludos.

Giró hacia la bañadera y los vio flotar en el líquido ver-

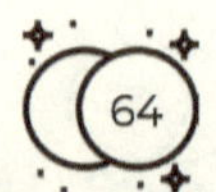

doso. «¡Qué alivio!», pensó. Fue a cambiarse. Posó frente al espejo, se peinó, besó sus manos y acarició su nueva piel, la verdadera, extasiado. Más tarde, llamó al dermatólogo.

—¡No pensé que iba a dar tan buenos resultados! —exclamó el médico entre incrédulo y maravillado.

—¡No sabe lo feliz que soy! —gritaba Marcos—. Ahora voy a tener una vida normal, voy a ser como cualquier persona. —De pronto, dejó de reír. Escuchó un pequeño chapoteo.

—¿Marcos? Marcos, ¿seguís ahí? —se escuchaba en el teléfono.

Marcos seguía ahí, pero no podía contestar. Temblaba al ver a los lunares mojados reptar hacia él.

Visitante

Tu gato salta de la cama asustado. Un ángel de cabello corto y oscuro abre tu ventana. Sonríe, te toma de las manos y empiezas a flotar.

—No mires hacia atrás —dice—. Es el primer secreto para aprender a volar.

Recorres el cielo estrellado. Te resulta increíble haber sido elegida por este ser celestial de piel blanca, traje morado y alas de luz. Cada noche viajan para reunirse en una nube con otros niños. Conocen mundos con unicornios y sirenas, ciudades subterráneas hechas de cristal, nidos de dragones y duendes multicolores.

—El secreto para volar es no mirar hacia atrás —repite Yerod nervioso mientras esperan al serafín en la nube.

—¿Qué te pasa? —preguntas.

—Quiero ir a casa —responde.

Le cuentas al ángel. Te advierte que no te preocupes y te pide que entretengas al resto con tus historias sobre el bosque mágico. Cuando le preguntas por Yerod, no responde.

Sabes que la enfermedad te llevará pronto. Es algo terrible, pero él podrá salvarte. Tu gato hace un bufido. El alféizar cruje, sientes un aura cálida y corres a abrazar al ángel. Le cuentas todo y te largas a llorar.

—No mires hacia atrás... —te dice, y vuelan lejos del do-

lor. Van al país de los muñecos, hablan con las videntes del bosque, se reúnen con el emperador rana. Ninguno tiene la cura.

—La muerte es solo un paso, Milagros. Estaremos esperándote del otro lado —te consuela el espíritu celeste.

Lloras frente al espejo. Cada vez salen más lágrimas de tus ojos, ahora son dos cascadas y tu cuerpo se deshace. En el reflejo ves a Yerod.

—Mira hacia atrás —dice, y despiertas.

Lo esperas toda la noche y por primera vez falta. Te duermes cuando el sol comienza a despuntar. Tres noches después, llega. Agarra tus manos, sientes el cosquilleo y flotas. Quieres hablarle de Yerod, pero no te deja, solo contesta:

—No mires hacia atrás.

Entonces, giras. Tu cuerpo descansa en la cama, pálido. Eres un espíritu que flota en tu cuarto. Volteas hacia el ángel y te estremeces: ahora es un insecto gigante que enrosca su lengua al cordón de plata que une el alma al cuerpo. Está alimentándose de tu energía. Gritas sin voz en ese espacio perdido.

—Te haré olvidar —dice el falso ser de luz.

Quiere entrar a tu mente; cuando ofreces resistencia, ves unas burbujas a su alrededor: la ciudad de cristal, el bosque mágico, el país de los muñecos. ¡Todos esos mundos son ilusiones!

Luchas por volver a tu cuerpo mientras escuchas su risa. Una energía estalla en tu pecho y se conecta con el cielo y la tierra. A tus pies, un bufido; tu gato se convierte

en un tigre plateado, te dona unas garras y juntos atraviesan al impostor.

Muchos niños están sanando en la ciudad. Dicen que una chica y su mascota los defienden de los ángeles oscuros.

EL PRECIO

Estabas estudiando en tu cuarto cuando te habló. Parecía una buena propuesta: él iría a la escuela, haría las tareas y otras cosas aburridas, dejándote más tiempo libre. Frunciste el ceño, preguntaste cuál era el precio. No tenía rostro ni cuerpo, pero lo que estaba a tu lado, esa ondulación en el aire parecida a un gas vivo, sonrió. Era un guardián, un amigo que venía a facilitarte las cosas. Aceptaste y seguiste lo que te indicó: apoyaste tus palmas en él. Al instante, tu doble se materializó junto a ti.

Leíste todos los libros y las historietas que querías. Alcanzaste todos los niveles en los videojuegos. La cabeza empezó a dolerte, comenzaste a sentir mareos y un leve sopor.

—Tiene un doble —denunció tu hermanita—. Yo lo vi, es como un fantasma.

Te estremeciste. Tus padres se rieron.

—Tu hermana es igual a tu tío —aseguró tu madre—. Siempre inventando historias.

Suspiraste, aliviado. Sabías que no le creerían.

—Estás pálido —dijo tu hermana unos días después—. No puedes estar en dos lugares a la vez.

—Cállate, no entiendes nada.

Prendiste la consola. No tenías que ir a la escuela ni acompañar a tus padres a esos paseos aburridos, así que no ibas a hacerle caso a una mocosa. Dejaste el control a un lado. Sentiste náuseas y dolor de cabeza, el mareo

ya no se detenía. Con los ojos cerrados, te recostaste en el sofá mientras todo daba vueltas y empezabas a flotar.

Sin manos ni pies, ni siquiera un cuerpo. Sin embargo, existías; flotabas como un vapor en el aire. Debajo viste a tus padres y a tu hermana: cenaban junto al impostor. «Sé que estás ahí», te dijo con una mirada. Tenías razón, había un precio.

Gritaste sin cesar, pero ya no tenías voz.

Lector

Mientras tus ojos se distraen con estas palabras, los fotones entran a tu cerebro y se transforman en una señal eléctrica que te susurra sin voz algo antiguo y familiar, algo nunca escuchado. Tu vista se nubla, sientes un mareo. Antes de terminar esta frase, ya habrán anidado en ti raíces hechas de luz negra que invaden tus músculos, tus venas y tus órganos, que salen como un grito por tu boca y surcan tu piel.

Te abrirás como las hojas, crecerás como un tallo; te separarás en tiras, te secarás. Los habitantes se grabarán en tu superficie como líneas. Te doblarás, somnoliento. En el estante junto a los demás, abrigado por el cartón y el cuero, esperarás despertar.

El mar de las columnas de piedra

El shopping está repleto. Mamá y papá te llevan de la mano. Tironean cuando insistes en parar en la librería; también, en la juguetería. «La Tierra llamando a Edith», suelen decirte, porque no comprenden lo que ves en los espejos, los cuadros, las cuevas, los mosaicos y los huecos que forman las raíces de los árboles. Luego de comer unas hamburguesas, bajan las escaleras mecánicas y entran a un local de calzado y ropa de montaña. Juegas mientras se prueban unas remeras de color flúor. Una vendedora alta, castaña y de voz aguda te sonríe. Tus padres te obligan a sentarte. A tus pies, más allá del lustroso suelo, tu reflejo te guiña un ojo y señala hacia afuera.

Pasando las escaleras mecánicas, unas puertas vidriadas, un patio, una cascada. El agua, que brilla por la caricia del sol, cae hacia el estanque por una pared de granito con los colores de la arena. Corres. Esquivas la mano de tu mamá, a dos viejitos y a una señora, abres la puerta transparente y llegas al patio. Sientes el cosquilleo en las manos y los gritos lejanos de tus padres cuando usas de escalón el borde de mármol que rodea la cascada y pisas el agua. Te dirán que detrás no hay nada, tan solo el aire que separa al centro comercial de otros edificios, pero eso no te importa. Apoyas la mano en el granito. Sientes el frío del agua que se escurre por tu antebrazo.

Te sacan de la fuente. Tu papá y el guardia están eno-
jados. La gente mira, y sientes vergüenza. De pronto, un
temblor. Los azulejos se abren hacia un mar de cielo des-
pejado que se une a la fuente. A lo lejos, unas columnas
de piedra adornadas por enredaderas despiden agua.

Tu imagen sonríe en la esfera de luz que sostiene Arcania. Las otras esperan en la cámara de piedras grises.

—Tráiganla —ordena.

La llamada del multiverso

La tecnología de un gigante cósmico recorre tu cuerpo dándote fuerza y poderes especiales. Se materializa como una luz del color de tu energía predominante, esa que los hechiceros llamaban aura.

Eres uno de los elegidos y debes proteger al multiverso de la invasión que se avecina. Entonces, lleno de valentía y dotado de la sabiduría de seres de varios mundos, subes a tu robot de cuatro brazos. Despega y se adentra en el portal que irrumpe en el cielo estrellado.

Aquellos juegos en los que te sentías conectado con otras galaxias parecen tan lejanos... Pronto habrá más canas en tu cabello, pero eso no silencia el llamado. Tocan el timbre. Recibes el paquete que te entrega el cartero. Tiemblas al ver el remitente: El Guardián Azul.

Más allá del cartón y de las planchas de burbujas de plástico, hallas un cristal que brilla con luz anaranjada. Te resulta familiar y extraño a la vez. Lo retiras de la caja para observarlo en detalle mientras se forma un nudo en la boca de tu estómago.

Te borraron, pero logramos reescribirte, explica la nota.

El hechizo que te hizo olvidarlo todo se desvanece.

«Voy a regresar al espacio después de tanto tiempo», piensas con una sonrisa. Tomas el cristal y caminas hacia el espejo. La luz te cubre por completo. Tu cuerpo y tu mente cambian dejando al humano atrás.

El objeto entre tus dedos vibra y emite un sonido agudo. Tomas aire antes de responder:

—Soy el Guardián Naranja. ¿Quién me llama?

—Soy el Guardián Rojo. Ven con nosotros. Te estamos esperando —contesta una voz que proviene del cristal.

Segundos después, un portal multicolor se abre frente a ti.

No lo sabes, pero más allá de las neblinas cósmicas te observan a través de una burbuja. La mujer de capa y pelo oscuro se lleva la mano a su tiara plateada que refulge.

—Uno de los custodios del multiverso ha regresado —susurra Arcania y se aleja.

La burbuja con tu imagen disminuye de tamaño y flota hacia la hélice de perlas entre las membranas luminosas de la cúpula infinita del castillo de las Viajeras.

La generación plateada

Los lobos corren. El canto de la noche estalla. Hay focos que observan a estas criaturas porque saben, pero no pueden creerlo. Un lago sin forma, el reflejo de una luna llena plateada. Las patas que se mojan y forman un círculo. Aullidos nuevos, una melodía nunca escuchada y la temperatura del lago que aumenta antes del destello.

Nadaron hasta la orilla y caminaron con dos piernas. «Se tomaron de las manos y buscaron nuevos aromas», explicó la observadora más anciana. «Serán mejores que los de las ramas», afirmó otra, «porque entienden a la luna».

Potencial

—En su morada del lago Felino, el muerto Iemisch espera soñando...

—Basta, por favor. Maldigo la hora en que te compré esos libros —interrumpe su padre, le acerca un mate y se lleva las manos a la cabeza, con la esperanza de que el trago amargo y caliente la haga volver en razón o, al menos, callarse.

Ella da un sorbo y se queja.

—Me gusta dulce, papá. Te estoy diciendo, el animal en el que creían los tehuelches se parece a las criaturas que Lovecraft...

Alfonso deja de escucharla. Tal vez sea su culpa por haberle contado que formó parte de una orden secreta. Llegó a grados avanzados, pero dejó los misterios del espíritu para construirse una casa y dedicarse a su familia. Por su mente pasa aquella vez en la que un viaje astral lo había llevado hasta unos ojos inmensos y rojos.

«Si no aprovechás tu potencial, volverá a manifestarse hasta que lo reconozcas». Eso le había dicho uno de sus superiores, pero él, con tan solo treinta años, lo saludó amable y olvidó esas palabras.

—... es un portal dimensional. Iemisch y Cthulhu regresarán, y pronto...

—Hija, es una maravillosa idea para un cuento o algo así.

—No es un cuento. El Círculo de Lovecraft era en reali-

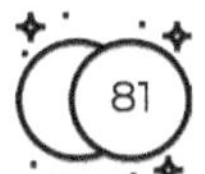

dad una...

—Te prohíbo volver a ese lago, ¿me escuchaste? —dice Alfonso, y ya imperativo afirma—: No volvés a pisar el Nahuel Huapi. Si te encuentro ahí, o cerca, quedás castigada para siempre.

—¡No es justo, papá! ¡Yo puedo recordar!

—¡Basta, Lilia! —grita. Le quita los papeles con anotaciones y símbolos, los libros de horror cósmico y de leyendas mapuches y tehuelches.

—¡Devolveme mis cosas!

—¡Andá a tu cuarto!

Lilia sube las escaleras llorando y da un portazo. Alfonso se siente culpable. Sin embargo, sigue desaprobando esa obsesión enfermiza. Los psicólogos le habían dicho que era una forma de superar la muerte de su madre y que se le pasaría al madurar. «Recién tiene trece años. ¿Por qué no se preocupa por cantantes y ropa como otras chicas de su edad?», piensa.

El hombre duerme intranquilo, abrazado al portarretratos con la foto de su difunta esposa. Sueña de nuevo con los ojos gigantes. Estos lo observan, y solo encuentra alivio al despertar, aunque le dura apenas unos instantes. Su hija ha desaparecido.

«El lago, está en el lago», piensa y corre fuera de la casa. De pronto, la oscuridad. La gente grita y señala hacia el cielo. Unas alas gigantes, unos ojos rojos, un aguijón, y su jinete: una amazona de piel azul y armadura violeta. El monstruo aterriza en un edificio. La amazona desciende, ágil y veloz, y camina hacia él.

—¿Lilia? —pregunta Alfonso, invadido por un temblor.

—Soy su madre.

—¡Esther! —El hombre la abraza—. ¿Cómo es posible?

—No hay tiempo. Tu mundo va a morir. Puedo llevarte a otro donde hay paz y gloria, al servicio de los Antiguos. Allí está Lilia. —Esther lo toma de la mano. Lo mira y sonríe—. Siempre escogí buenas semillas.

Ya montado en la bestia rajiforme, Alfonso da un último vistazo a la ciudad antes de que el cielo se vuelva rojo y el suelo empiece a temblar. Abraza a su mujer, siente la brisa al despegar y sonríe; se aproximan a la plataforma aérea donde está su hija esperándolos con los brazos abiertos entre los gigantes de escamas y tentáculos.

La Oscura

Arcania es distinta. Aunque algunos rasgos lo marcan, no es eso lo que le quita igualdad frente al resto. Su pasado, en cambio, sí.

La cúpula infinita del castillo de las Viajeras contiene en su espiral distintas esferas: oscuras, turbulentas y gélidas; pacíficas, brillantes y templadas; de fuego, niebla o líquido; y otras, como la que muestra el universo original de Arcania, grises, silenciosas y frías, con la mayoría de sus mundos muertos.

La actual candidata al trono del reino de las Viajeras y al control de la cúpula infinita y de la llave maestra no había sido responsable de tremenda destrucción; tan solo del perecer de tres o cuatro planetas. En ellos, Arcania vivió varias encarnaciones, en las que siempre fue un ser de magia profunda y oscura. Sus dedos estaban acostumbrados a recorrer volúmenes amarillentos y pergaminos encontrados en expediciones secretas. Fue una experta en hierbas, brebajes y cultivos. Supo abrir y sellar la energía en piedras, gemas y cristales.

También derramó sangre, colaboró con lo que está más allá. Abrió las puertas a los Antiguos, y luego del éxtasis y la devastación, cuando emergieron los paisajes con arena de huesos, cielos mustios y aire rojo, ningún poder o conocimiento le devolvió lo perdido. Y ya era tarde para cerrar las puertas.

Podía engañarse y volar de un mundo a otro, agrietar la

tierra y el firmamento o manipular las vidas miserables de los homúnculos. Esas eran solo distracciones. En el fondo, sabía que siempre sería una esclava de los Antiguos. Eso creía, hasta que llegaron ellas.

Sus alas quirópteras desarmaron las nubes verdes al atravesar el cielo carmesí. Una vez que aterrizaron, se transformaron en una capa-sombra. Arcania avanzó sobre el mármol brillante hacia su trono. Desde el suelo, el reflejo que la acompañaba vestía una armadura de obsidiana negra. En la mano derecha sostenía el báculo adornado por un gran cuarzo de ónix en la punta. Su cabello, bruno y sedoso, se deslizaba con parsimonia.

Ya en el trono, Arcania devolvió la mirada al reflejo. De su casco salían tres cuernos: uno del entrecejo y dos de las sienes, todos cubiertos de gemas. Hacía años que sus ojos eran amarillos, como los de esos seres de antaño cuyos nombres no podía recordar, solo sabía que habían transmutado hacia unas criaturas que cruzaban el éter al navegar por las líneas de poder del planeta.

Un homúnculo verde se acercó a ofrecerle el alimento: cristales cargados bajo los dos soles. Ella tomó varios y los sostuvo en su mano. Observó a la criatura de mirada perdida, encorvada y con quistes en la piel, y volvió a experimentar la compasión.

Su cabello la alertó. Se incorporó y dejó los cristales vacíos en la bandeja.

Antes de que el homúnculo se retirara, le obsequió las piedras energizadas que no había usado. La golpeó un viento fuerte desde las puertas abiertas del balcón donde había aterrizado. Allí apareció una luz que desgajaba el aire. Arcania sostuvo el báculo y aguardó a las viajeras, ya que imaginó que iban a ofrecerle un buen combate.

Del portal surgieron una chica de ojos rasgados con un traje de algún planeta poscolonizado por las hélix; otra de cabello negro y pecosa, de aspecto terrestre, y una mujer morena con una armadura inspirada en los eónidas. Las tres custodiaban a una cuarta, oculta bajo un manto violeta. Arcania elevó su báculo.

—Alto —dijo la mujer, descubriéndose, y mostró su corona plateada y fulgurante.

—Eres Astrid, la reina de las viajeras —afirmó Arcania—. ¿Por qué te arriesgas en territorio de los Antiguos?

—Tenemos una propuesta para hacerte —contestó.

El techo abovedado era una ventana circular que daba a un vacío púrpura, donde había infinitas perlas brillantes que flotaban y componían nubes espiraladas. Astrid caminó sobre las losas blancas y negras, sin perturbar los ojos maravillados de Arcania, y descendió por unos escalones hacia un pozo de piedra gris. Extendió sus manos y llamó a una esfera, que se posó ante ella. Arcania ya estaba a su lado, y ambas hundieron la mirada en un mundo de esqueletos de piel transparente, órganos negros y alas que planeaban en una urbe gaseosa y titilante, habitada por fantasmas perdidos. Astrid dejó ir la esfera y esta regresó a las nubes. Las contemplaron un rato.

—¿Qué ves? —preguntó la reina, tras señalar la cúpula.

—Unas nubes en forma de espiral, hechas de esferas —le respondió.

Astrid empezó a reírse.

—Lo veo tal como lo describes. Este lugar, más allá de todos los espacios y tiempos, es muy especial. Algo inconcebible para la magia, la ciencia o la abraxis; posiblemente creado por las guardianas, junto a una fuerza primordial, para reunir a las viajeras.

»Quien llega a la cúpula infinita, la ve y la comprende de acuerdo a su conciencia, historia e imaginación. Para algunas es una enorme biblioteca con escaleras, y cada universo es un libro; para otras, un bosque con árboles a los que trepan para hallar mundos en cada rama. Hay viajeras que al entrar aquí encuentran laberintos o mansiones fastuosas con cuadros, esculturas, armarios y ventanales al cosmos. Recuerdo a un niño viajero (porque sí, son excepciones, pero hay hombres viajeros) que veía a esta cúpula infinita como un desván sin límites, con cajas llenas de cuadernos y juguetes; también cofres que guardaban mapas, dibujos y talismanes. Cada uno era una pantalla al multiverso.

»Las viajeras no tenemos barreras para entendernos o para comprender un mensaje en un mundo extraño, siempre que estemos conectadas al pléroma. Algunas se vinculan antes de pisar el castillo de las Viajeras.

—¿Por qué me dices todo esto? ¿Y por qué me es tan familiar?

—Porque viviste mucho. Y porque ya viniste en tus sueños.

—Debe ser un error —dijo Arcania. Se alejó de Astrid

y hundió su mirada en la nube de esferas plateadas—. Podía viajar de un mundo a otro en mi universo, pero siempre con magia. No soy capaz de trasladarme de un universo a otro.

—No era la magia. Eras tú —afirmó la reina—. Los hechizos fueron solo un canal. Y algunos mundos que visitaste eran de otros universos. —Arcania la miró, asombrada.

Pasaron los días en el castillo de las Viajeras.

—No existe un solo planeta Tierra —explicó Astrid en otra lección—. En algunos universos hay más de uno, y muchas veces se llamó Agua o Cristal.

»El multiverso es recorrido por ondas que se imprimen como moldes en la materia. Estos son arquetipos que se traducen, combinan y transforman, sintetizándose. Formas, cuerpos, sentimientos, pensamientos y personalidades. También, invenciones, eventos, sociedades y saltos evolutivos. Existieron más de una Arcania y una Astrid, pero no éramos nosotras.

Arcania asintió. No pudo seguir preguntando porque escuchó unos pasos. Detrás de ella, Dorice, la pecosa, traía a una niña de la mano.

—Acércate, Sara. —Astrid la llamó. La pequeña corrió a abrazarla—. Estarás a cargo de ella —dijo y miró a Arcania.

—No tengo nada bueno que enseñarle —susurró la Oscura a Astrid cuando esta se incorporó.

—No es la niña la que tiene que aprender.

La mano pequeña tomó la de Arcania, y otra lección comenzó.

Coronación

Subes la escalera de mármol hacia el balcón del castillo. Sus fauces abiertas son como las de una bestia de Óratran, con un paladar negro incrustado de gemas plateadas. El aullido de su garganta te reclama para devorarte.

Lo que ves, en realidad, es el cielo y el aullido es el clamor de las viajeras que, más allá de la baranda, festejan que serás su líder. Todavía sientes las horas de entrenamiento y meditación necesarias para recibir la diadema. El destello infinito toca tu frente, mostrándote parte del multiverso: la Biblioteca Coleccionista, que abduce a los que van más allá de las puertas abiertas por las historias; el Concejo de los Macroelementales, creador y soberano de las fuerzas naturales de los planetas Tierra; la mirada colosal de los Antiguos; los Guardianes Arcoíris; mundos con humanoides alados; naves reptilianas; las guardianas, avatares inmensos y vigilantes; las ciudades cósmicas de las hélix; las transformaciones y gestas de los eónidas; y, en cada mundo y dimensión, la chispa, el potencial, que aguarda. Como las viajeras, que al verte te saludan con el sello del portal. Exploradoras, protectoras y sanadoras; guerreras, maestras y alumnas, todas necesarias en un multicosmos casi inabarcable, esperan que su reina Arcania, la Oscura, y el Concejo de las Brújulas las guíen. ¿Quién lo hubiera pensado?

En tiempos remotos, muchas te rechazaron.

—No confío en ella —dijo Waira, la morena.

—Yo sí —afirmó la reina Astrid—. ¿Me estás cuestionando?

—No, mi reina. —La imaginaste haciendo una reverencia, mientras las escuchabas desde tu escondite—. Solo pienso que, tarde o temprano, nos traicionará.

Lunas y soles en el castillo de las Viajeras. Astrid acababa de elegirte como candidata a reina de las viajeras. La miraste sorprendida y, sin aliento, le preguntaste:

—¿Por qué fui escogida?

—Porque has transitado las sombras más profundas y eso te permite reconocer la luz más excelsa.

Frente a las miles de viajeras, con el Concejo de las Brújulas a tus espaldas, sientes el pulso de la oscuridad, el báculo en tu mano y a las tinieblas abrazándote. Sonríes y por un instante ves tu reino umbroso, pero lo dejas ir. Escuchas las risas de tus alumnas y quieres una porción del pastel que van a servir.

Alternativas

La reina Astrid cerró el archivo. Intentó no emocionarse. La coronación de Arcania era uno de los futuros posibles. También había visto otro futuro que no quería recordar. Dejó el Cubo Cronal en una mesa de diamante y se acomodó el manto rosa. Se acercó a la ventana del castillo y pudo observarla caminar por el jardín hacia el aljibe: Arcania era tan distinta cuando no usaba su armadura. Llevaba un vestido azul y plateado. En su cabello tenía una peineta negra en forma de murciélago. Se acercó hacia dos viajeras que conversaban, distraídas. La que era un reptil se estremeció al verla. Intercambiaron miradas frías, y la escamosa se fue con su amiga de pelo azul por otro sendero.

La reina tomó de nuevo el Cubo Cronal. Sabía que no era conveniente entrar en demasiadas líneas temporales, tampoco detenerse muchas veces en la misma. Podía condicionarse y precipitarla, generar lo contrario o algo peor. Astrid comprendía que en algunos futuros posibles Arcania sería una gran reina de las viajeras; para asegurarlos, la actual soberana debía proceder con cuidado. Y rezar a la guardiana de la suerte. Volvió a su mente uno de los destinos oscuros, quizás el peor, pero lo apartó. Solo le quedó la imagen de unos cuerpos blancos y encadenados que avanzaban hacia un monolito negro.

El Cubo Cronal estaba compuesto por muchos cubos

más pequeños con distintas imágenes en cada lado. Girándolo, combinaba eventos y posibilidades. Entonces, pudo verlo: muchos universos habían sido tomados sigilosamente por las sombras y por algo más. Ahora lo comprendía, el balance debía restituirse. La abraxis había elegido a Arcania por su pasado, y abrió así un nuevo camino para ella y para el multiverso. La existencia dependía de sus decisiones. El futuro más provechoso aún debía afirmarse. Astrid salió de la cámara donde guardaba la máquina para estudiar las ramificaciones del tiempo y selló la puerta.

Monolito negro

Observas la lucha desde el cielo, en una nave tornasolada. Tu ejército de calaveras aladas desciende en espiral hacia los combatientes y absorbe sus fuerzas, succiona sus vidas. Tus enemigos resisten: la energía que recorre a los eónidas tiñe sus cabellos de colores fosforescentes, les permite volar sin alas, crear campos de fuerza y disparar rayos por sus manos; las hélix, clones de cabello naranja y ojos violetas, arremeten con sus motos voladoras y armas eléctricas; las viajeras, desde sus naves búmeran, abren portales para traer a sus aliados mientras pelean con espadas de luz y láseres que disparan de sus brazaletes. Los ayudan los sobrevivientes de distintas razas que ya venciste, como pleyadianos, félidos y cánidos; dos capuchas rojas, y dos Guardianes Arcoíris: el azul y el naranja. Junto a ellos se encuentra la Guardiana Plateada, que pertenece a un grupo distinto.

Los enfrentan tus insectoides, que enroscan sus lenguas en el alma de tus oponentes, y los ejércitos de reptilianos verdes y rojos. También te defienden unos enjambres de moluscos bípedos con la piel cubierta de óvalos peludos que alguna vez fueron lunares. Estas bestias estrujan con sus tentáculos a tus enemigos.

De uno de los portales, surgen dos mujeres de piel azul sobre mantarrayas voladoras. Vienen a ayudarte. De otro, salen unas criaturas de escamas violetas: mujeres sobre caballos alados que escupen fuego y ácido. ¿Serán tus aliadas? Tu ilusión se esfuma cuando las ves atacar a tus insectoides. Tu ejército empieza a retroceder. No podrán vencerte.

Entras a la cámara donde reposa la Esfera Pretérita, que ha sido reprogramada por los athoths. Abres la compuerta de la nave frente a tus enemigos y activas el arma; la Esfera Pretérita eyecta un humo de color desconocido que empieza a cubrirlo todo.

Los restos de tus enemigos han sido recogidos por tus naves. Otro planeta más, limpio. En el centro de un desierto blanco, supervisas la construcción: tu ejército de reptiles, monstruos, hombres e insectos lo está haciendo bien. Sonríes, acaricias la superficie negra, lustrosa y fría de la obra. Al encenderla, los habitantes ocultos en cada rincón del planeta que todavía resisten tu mandato comienzan a empalidecer. Sus voluntades se quiebran, sus bocas quedan abiertas en una expresión vacía. Cada vez más flacos, arrugados y blancos, salen de sus escondites y se trasladan a los pies de tu monolito negro para reverenciarte.

La imagen se desvaneció en una luz que entró al Cubo Cronal. El futuro oscuro de Arcania seguía enlazado a la actual línea temporal. Eso significaba que todavía era posible. Astrid debía eliminarlo si quería un buen destino para el multiverso y la mejor forma de hacerlo era recuperar la Esfera Pretérita.

Sortilegio

Al principio, pensé que estaba loco o que había tomado algo raro, pero después me convencí de que lo había imaginado. Seguí negándolo aquella vez que lo vi sentado escribiendo en la computadora, porque, en cuanto notó mi presencia, volvió a su postura normal y maulló. Empecé a admitirlo cuando lo encontré en el pasillo del edificio, con la puerta del departamento abierta.

—Mis fuentes dicen que la Esfera Pretérita podría estar en sus manos —dijo con una voz que ya había escuchado antes.

—Debemos preparar un equipo de recuperación —le contestó Gurt, el perro negro del vecino. Ambos se callaron al verme.

Mi gato se frotó en mis piernas y acaricié su pelaje naranja antes de entrar al departamento. Enseguida, se puso a jugar con sus ratitas de peluche. Un día después, lo hallé sentado frente a la ventana, hablando con una gata atigrada de otro departamento. Ella asintió y se bajó del alféizar.

—Mascha, tenemos que hablar —le propuse, harto.

Él me miró y sentí una extraña energía mientras algo cambiaba en la atmósfera. Mi gato se incorporó y empezó a crecer. Su cuerpo se transformó: sus bigotes se alargaron, su pelaje se volvió más corto, casi imperceptible. Su boca se parecía a la nuestra, las orejas eran más pequeñas y estaban a los costados de la cabeza. Sus manos también se parecían a las nuestras, pero, eso sí, con uñas muy filosas que extendía y retraía sin cesar. Tragué saliva.

—Disculpa —dijo al notar mi inquietud—. Es algo que hago cuando estoy nervioso.

—¿Qué es todo esto? —pregunté—. ¿Desde cuándo te transformás? ¿Qué estás planeando con las mascotas del edificio?

—Se avecina una catástrofe que afectará a nuestro universo y a muchos más —explicó sin inmutarse—. Con el cánido y mi compañera félida nos estamos organizando para recobrar un instrumento de nuestros ancestros que creíamos perdido y que está por caer en manos de unos seres desconocidos. Para ello, debemos abandonar la forma modesta que ves normalmente.

—Estoy loco —exclamé con la voz quebrada—. Acabo de perder la razón.

—No. Siempre estuviste preparado para conocer esta parte de la realidad que casi todos los humanos visitan en sueños —aseguró Mascha. Luego, parpadeó y miró alrededor.

Las paredes se volvieron transparentes y pude ver los muebles en los otros cuartos, así como a mis vecinos, que seguían con sus cosas en sus departamentos e ignoraban este fenómeno.

—Tengo que irme —afirmó Mascha.

—¡No me dejes! —le pedí. Caminé hacia él y deseé que fuera de nuevo un pequeño gato para poder acariciarlo—. Es demasiado saber que ustedes se transforman y que se avecina una catástrofe cósmica. No voy a soportarlo si estoy solo. Y te voy a extrañar.

Dos seres bípedos algo más altos que yo atravesaron las paredes. Eran Gurt y Jazmín, la gata de la vecina. Venían a buscarlo. Mascha me abrazó y sentí su ronroneo en mi pecho.

—Tranquilo. Volveré pronto. Aunque no me veas, siempre estaré contigo —prometió.

Lo último que recuerdo es verlos atravesar un portal antes de que una luz me cegara. Después, todo volvió a la normalidad. Aunque sin Mascha. Cuando estoy muy triste, llevo una mano a mi pecho, cierro los ojos y siento su ronroneo.

Capuchas Rojas: Diana

Te invade una energía desconocida y tu percepción cambia, incluso en el suelo. Al contraerte, infectada por los latidos del moretón que supura en tu brazo, sientes la textura de las hojas en las copas de los árboles, el batir de las alas de los pájaros del bosque y el aroma de los ciervos y roedores que pasaron por allí. Recuerdas lo que te dijeron tu abuela y Virginia: que convertirse en un lupino era algo magnífico, distinto a lo que te habían enseñado las Capuchas Rojas.

Sientes algo emerger en tu conciencia: el espíritu de una loba que te brinda seguridad y te susurra los misterios de los árboles y de la luna. Te conmueven las imágenes de lagos, praderas y montañas. No encuentras lo que esperabas (un demonio oscuro que iba a poseerte), sino protección y compañía. ¡Las Capuchas Rojas estaban equivocadas! Mientras te sacudes en el suelo y un pelaje lucha por cubrirte, el horror te domina al comprender que asesinaste a tu abuela y a tu amiga sin razón.

La loba en tu interior lo percibe primero y comienza a rugir. Los espasmos y el dolor son cada vez más lejanos a medida que te transformas. Tu boca y tus músculos crecen, te salen colmillos, tus orejas se vuelven puntiagudas. Sientes la cabeza y los brazos desconectados, luego te sucede lo mismo con las piernas. «¿Estoy loca?», te preguntas. «¿La culpa que siento por mis crímenes me hizo perder la razón o es un efecto del cambio?». Tu voz mental se debilita, al igual que los aullidos de la loba en tu cabeza. Escuchas la risa del demonio oscuro y tus ojos dejan de hacerte caso. Te hunde en la oscuridad y quedas atrapada entre las sombras.

A través de una ventana borrosa, ves cómo el demonio maneja tu nuevo cuerpo: quita las ramas con tus brazos (ahora peludos), observa y olfatea el camino al girar tu cabeza (ahora con cuernos y hocico), y esquiva los árboles y las rocas con tus piernas (ahora patas). Gritas, intentas tomar de nuevo el control. Es inútil. Tu cuerpo responde a otra entidad: el demonio oscuro. Intentas hablar con él, pero sabes que no te escucha. El espíritu de la loba que te daba fuerzas desapareció. No eres más que una testigo muda y sola de lo que hace el cuerpo que perdiste.

Notas cómo el demonio se adueña de toda la información de tu mente —tu nombre, tus gestos y costumbres, tus habilidades y temores—, así como de los secretos de las Capuchas Rojas. Sientes miedo al comprender que con ese conocimiento podrá hacerse pasar por ti y engañar a tus amigos y familiares. De pronto, la mente invasora se esfuma y sientes un dolor lejano. La ventana muestra que el lupino cae. Percibes un calor que te envuelve, seguido de una fuerza que te lleva hacia la imagen. La atraviesas y eres cegada por una luz. Abres los ojos. Tienes una flecha verde brillante clavada en el abdomen y estás empapada en una sustancia que huele a artemisa. Recuperaste tu cuerpo. Frente a ti, ves a un elfo capucha verde. Entonces, te desmayas.

Los Capuchas Verdes te encontraron por casualidad

cuando se disponían a probar ese antídoto poderoso, capaz de salvar a una persona incluso durante los primeros minutos posteriores a la transformación. Observas la luz que entra por el hueco del gigantesco árbol sanador en el que descansas. Recuerdas al demonio que intentaba poseerte y tiemblas, pero, al mismo tiempo, te alivias: sabes que salvaste a tu abuela y a Virginia de quedar presas para siempre en unos cuerpos controlados por demonios. El espíritu de la loba se fue de tu mente, dejándote algunos regalos: tu olfato es más agudo, tus músculos son más fuertes y tienes unos colmillos pequeños y filosos.

De repente, se manifiesta un fulgor plateado a tu lado. Es un ser vestido con un manto del color de la noche, adornado con estrellas y galaxias. Tiene los ojos cubiertos. Su rostro despide luz. Las Capuchas Verdes y los otros pacientes hacen silencio, maravillados. Lo que se encuentra junto a ti es una capucha cósmica: uno de los guardianes de tu universo. Hasta ahora, creías que no existían.

—Has demostrado tu valor y tu fuerza, Diana —dice con una voz que vibra en tu organismo y te sana por completo—. Se avecina un gran conflicto y las habilidades que adquiriste son necesarias en otro tiempo y lugar.

Un destello cambia tus ropas de descanso y aparecen una capa y una capucha roja, un traje de batalla y tus armas. La capucha cósmica te extiende la mano y juntas desaparecen.

Valfreya

Observo la galaxia violeta frente a mí, más allá del material transparente que me separa del cosmos. Regreso a uno de los lugares que llamo hogar, tal vez el más cercano a mi corazón. Mis compañeras hélix no me interrumpen, siguen con sus trajines en la nave porque saben lo importante que esto es para mí.

La mayoría lleva el uniforme estándar para las misiones. Se trata de un mono plateado ajustado con cinturón, botas y brazales. El color de estos accesorios varía según el rango. Las de mayor jerarquía los tienen dorados; las instructoras, negros, y las novatas, como yo, blancos.

Cada una puede elegir el color de la falda que se lleva sobre el pantalón. La mía es de un violeta rosáceo parecido al de la galaxia. ¿Lo habré elegido a propósito?

Aún recuerdo aquel día. Mamá llevaba un manto azul. En cuanto se quitó la corona, supe que quería hablar de algo personal.

—Valfreya, te crié en uno de los planetas Tierra como humana hasta revelarte que eras una viajera. Te traje hasta nuestro mundo para entrenarte, pero hay algo más que debes conocer —dijo, y tomé aire sorprendida. Mi madre continuó—: Sabes que eres adoptada. Cuando hiciste preguntas, respondí que te había hallado en una base abandonada de un planeta que visité, pero lo cierto es que eres una hélix.

La miré, incrédula. Las hélix, también llamadas valnorias, son guerreras que liberan a las razas y mundos oprimidos para redimirse. En sus inicios, fueron mujeres pálidas de cabellos oscuros y ojos negros y vacíos; vestían armaduras y tenían una tecnología sucia y contaminante. Casi sin conciencia, viajaban a través de las galaxias y universos con un hambre voraz, destruyendo todo lo que hallaban. Su razonamiento era violento y sus conocimientos técnicos, lo suficientemente avanzados para la conquista espacial.

Las leyendas hablaban de amazonas zombis que se reproducían de distintas maneras, ya perdidas en el tiempo. En realidad, hace eones que nacen a partir de su tecnología: son clones. No se conoce mucho acerca de su origen, solo que provienen del extinguido planeta Valnor. Se presume que luego de crear el árbol-matriz, una estructura gigante donde se gestan las vainas de las que nacen las hélix, algún desperfecto las mutó, convirtiéndolas en monstruos.

Ya desde las primeras crónicas las describían como parásitos interplanetarios fuera de control. Pero todo eso sucedió antes del cambio. Las hélix actuales tienen el cabello naranja y los ojos violetas. Desarrollaron una tecnología limpia y se dedican a reconstruir los planetas y las especies que destruyeron. Evitan la guerra, excepto cuando se enfrentan a las razas oscuras; en ese momento, demuestran su talento para luchar. Tanto las primeras hélix voraces como las actuales tienen cuerpos casi libres de imperfecciones, con diferencias mínimas entre ellas.

—Mamá, ¿cómo es posible? —le pregunté—. Si fuera un

clon, sería como las valnorias, pero soy muy diferente: mi cabello es castaño; mis ojos, marrones. Soy pequeña, no alta e imponente, y sabes que las armas y las batallas no son mi especialidad.

—En cuanto saliste de la vaina que había gestado el árbol-matriz, custodiado por la reina Vanedis, su tecnología reveló que eras una hélix diferente, la primera con el poder de trasladarse a otros mundos: eras una viajera. El árbol-matriz solamente había creado otras hélix en una ocasión: en el momento en que dejaron su voracidad destructiva para transformarse en lo que son ahora.

»La reina estaba preocupada; no sabía si eras distinta a causa de un fallo técnico del árbol o debido a la interferencia de una fuerza superior. Temía un regreso a los viejos ciclos y vino a consultarme. Utilizamos el Cubo Cronal. Este reveló varios destinos nefastos para la primera hélix viajera, todos causados por unas conspiradoras que querían apoderarse del árbol-matriz. Si en cierto período de tiempo ellas se enteraban de tu existencia, intentarían raptarte para experimentar contigo y obtener tus poderes. En varios de los destinos posibles, lo conseguirían; en todos, morirías. Debíamos anular esa rama temporal y por eso ambas decidimos ocultarte: serías criada como humana, ya que de ellos vienen nuestros ancestros. «Cuando llegue el momento oportuno, le será revelado que es una viajera y, finalmente, conocerá su origen hélix», acordamos con Vanedis.

»Ahora que sabes la verdad, la reina Vanedis te invita a que pases un tiempo con las hélix para conocer sus ritos y costumbres. Ya no es peligroso: las que conspiraban en

contra de Vanedis han sido vencidas.

De pronto, sentí furia. ¿Cómo había podido ocultármelo todo ese tiempo?

—No me interesa —le contesté con sequedad, y me miró preocupada—. Primero, me habías dicho que era adoptada; después, me revelaste que era una viajera y tuve que mudarme y adaptarme a esta dimensión, además de convivir con seres de todas partes del multiverso. Visité mundos horribles y hermosos, violentos y pacíficos, caóticos y armoniosos. Fue una experiencia maravillosa, aunque muy estresante. ¿Ahora me dices que, al final, soy una hélix y que tengo que ir con ellas? Estoy harta de cambiar.

—No te preocupes. Si no quieres hacerlo, te quedarás aquí —dijo mamá. La furia desapareció. Sentí miedo y tuve que contenerme para no llorar.

—Quiero ser como las demás. No quiero ser una hélix viajera. ¿Y si vuelven a ser monstruos y termino convertida en uno?

—Eso no sucederá.

—No lo sabes con seguridad.

—No exageres, Valfreya. Hace milenios que son pacíficas —afirmó y la observé en silencio, secándome las lágrimas—. ¿No sientes curiosidad? ¿No quieres saber más sobre tu origen? Al estar con las hélix, podrás comprender qué características te unen a ellas.

—Necesito pensarlo —aseguré, más tranquila.

—Por supuesto —dijo mamá, y me quedé mirando las flores del arrayán bajo el que nos refugiábamos del sol. Ella se puso la corona y se levantó.

—Dicen que las hélix no tienen sentimientos profundos

y verdaderos porque nacen del árbol-matriz —expresé, antes de que se alejara por el camino violeta—. No son como una familia. No tienen un vínculo de madre a hija como nosotras. ¿Es cierto?

—No. Olvídate de esas leyendas absurdas. Sin embargo, tienen una forma de ser especial debido a su origen y a su historia. Si aceptas la propuesta de Vanedis, podrás conocerlas —explicó con una sonrisa y quedé sola con el aroma del arrayán.

Si me unía a las valnorias, que eran todas clones iguales, sería la única extraña. ¿Quería pasar por eso? En el reino de las Viajeras solía sentirme rara por ser la hija de la reina, pero ya estaba acostumbrada. Además, había logrado demostrar que me esforzaba igual que el resto y que merecía mi puesto de princesa, aunque en nuestro mundo eso no significara necesariamente que heredaría el trono. Si bien había tenido mi momento de fascinación con las hélix cuando había estudiado los linajes estelares, lo mismo me había pasado con muchas otras razas.

La respuesta de mi madre no me había dejado tranquila y, además, el solo hecho de pensar que mis ancestros habían sido aquellas zombis destructoras… En ese instante, vinieron a mi cabeza algunas imágenes de las Crónicas de los Eónidas. Ellos registraron planetas llenos de basura tecnológica, con cadáveres a medio comer; civilizaciones enteras destruidas, con sus ciudades y sus conocimientos perdidos para siempre. Todo a causa de las hélix oscuras. Mi existencia, lo que me daba forma, provenía de ellas. Al mismo tiempo, contaba con el poder que las valnorias habían envidiado por muchos ciclos y que habían querido obtener: era una viajera. ¿Podría usarlo en la nueva misión reparadora de las hélix? ¿O sería darles lo que siempre quisieron y correr el riesgo de que volvieran a la oscuridad? ¿Cuál sería mi decisión?

Se avecinaba el anochecer y todavía no había podido aclarar mis pensamientos. Entonces, la vi llegar: estaba ensimismada y no advirtió mi presencia. Llevaba una capa negra con capucha, tenía grandes ojeras y los labios violetas. Era Arcania, la Oscura. Iluminaba el camino con una lámpara naranja. Se sentó sobre la hierba y colocó la luz a un costado. Me acerqué despacio y me pareció que estaba recitando. Fruncí el ceño. Había escuchado tantos rumores sobre ella... Fui una de las primeras que protestó cuando me enteré de que mi madre la había reclutado. Si bien era una viajera porque estaba conectada al poder, sus actos horribles eran razón suficiente para excluirla. Sin embargo, mi madre se había convencido de que Arcania estaba arrepentida, aseguraba que podía verlo en lo profundo de su corazón. Y nadie se atrevería a contradecir a la reina. Hacía unas semanas, había intentado relacionarme con Arcania por solicitud de mi madre, pero no lo había conseguido.

Ya estaba cerca de la Oscura y podía ver sobre su hombro. Noté un fuego azul en sus manos y, dentro de este, unas figuras sombrías. Mi aura tocó la de ella, y giró hacia mí.

—¿Qué estás haciendo? —pregunté, acusándola con la mirada.

—No es asunto tuyo —dijo y se alejó, envuelta en su

capa negra. La lámpara se elevó en el aire y la siguió como un pequeño sol.

Estamos cada vez más cerca del planeta base de las viajeras. Acceder a este universo es difícil por todas sus medidas de seguridad. Quizás hubiera logrado transportarme con un portal, pero mi madre también quería ver a las hélix. Llevar a toda esta flota es demasiado trabajo para una sola viajera. Además, con tanto entrenamiento hélix, necesito algo de práctica. Debo ponerme en forma, ya que empiezan las pruebas para seleccionar a las candidatas al trono del reino de las Viajeras. Lo que más me inquieta es que mi madre me dijo en un mensaje secreto que esto estaba relacionado con Arcania. ¿Habrá manifestado su verdadera naturaleza? ¿Se habrá encaminado hacia la profecía oscura del Cubo Cronal?

Pienso en ese extraño artefacto de las viajeras. Se supone que solo la reina puede usarlo. En situaciones excepcionales, está permitido mostrar sus imágenes a algunas autoridades con la capacidad de comprender los entramados del tiempo. Yo todavía no tengo autoridad, ni como viajera ni como hélix; apenas soy una aprendiz. Estoy muy lejos de entender algo acerca del tiempo y sus bifurcaciones. ¿Por qué mi madre me revelaría el destino sombrío de Arcania?

Invasores

La nave parecía un cóndor azul que surcaba el espacio. Su aspecto majestuoso no la hacía menos apta para el combate: estaba equipada con cañones láser alimentados por la luz de las estrellas. También, en un bosque artificial, generaba comida y aire limpio para quienes la habitaban.

En la cabina de mando, el capitán Agustín terminaba de hacer algunos ajustes cuando fue interrumpido por el sonido del comunicador. En cuanto salió del hueco en la pared desde el que trabajaba, esta se cubrió con un panel. Al mismo tiempo que les pasaba sus herramientas a los duendes mecánicos, un holograma le mostró al Guardián Naranja quien se hallaba en el planeta Deméter; desde el interior de un robot gigante de cuatro brazos, estudiaba un ecosistema experimental que había creado con criaturas extintas en distintas partes del cosmos.

—Recibí un mensaje de Xernous —anunció preocupado.

Cuando escuchó el nombre de uno de los gigantes cósmicos que habían dado forma al multiverso: el mismísimo mentor y creador de los Guardianes Arcoíris, Agustín tuvo que sentarse. Si Xernous les había enviado un mensaje después de tantos ciclos en silencio, debía ser de suma importancia.

—¿Qué sucede?

—Una fuerza de otro multiverso intenta apoderarse

del nuestro: son los athoths. Buscan nuevos adeptos para que los ayuden. Astrid, la reina de las viajeras, se lo advirtió a Xernous y le pidió nuestra ayuda. Se rumorea que los invasores quieren contactar a una posible candidata al trono de las viajeras.

—¡¿Una candidata al trono?! ¡Estaríamos perdidos si se alían con ella!

—Algunas de sus naves arribaron a nuestro multiverso, capitán. Son invisibles para nosotros y para nuestra tecnología.

—Si logro encontrarlas, podré crear algo que las haga visibles.

—Lo sé —pensó Naranja en voz alta—. Según Astrid, están en busca de la Esfera Pretérita creada por los ancestros de los félidos y los cánidos. Podrían reprogramarla y, con ayuda de una viajera traidora, dominar nuestros mundos. Los félidos y los cánidos ya fueron a detenerlos, puedo transmitirte sus coordenadas.

Agustín aceptó la misión y suspiró preocupado. Se preguntó si podrían eliminar esta amenaza a tiempo o si, como cada vez que surgía una guerra cósmica, deberían cambiar su nombre por Guerreros Arcoíris. Miró el cristal entre los circuitos de su brazalete. Tocó unos botones y se transformó: lo cubrió un casco y un traje azul, le apareció un cinturón plateado con un arma láser y lo rodeó una nube de discos luminosos. La tecnología en su espalda formó un propulsor, también alas.

Desde la sala de despegue, se lanzó al espacio.

La nave del equipo de félidos y cánidos tenía forma de disco luminoso. En su interior, sentada en el centro de la cubierta de mando, una felina de corto cabello blanco y ojos celestes esperaba el reporte de sus compañeros.

—Capitana Lucía, la frontera del multiverso se mantiene estable. Todavía no hay registros de la flota intrusa —informó Gurt, el cánido negro, tras observar los datos en las pantallas holográficas de su puesto científico.

—Seguimos en curso hacia las coordenadas enviadas por el Guardián Naranja —reportó la piloto Jazmín, una félida atigrada de pecho blanco.

—Preparen las defensas y los láseres en todas las dimensiones —ordenó Lucía—. No sabemos desde cuáles podremos luchar contra los athoths.

Mascha asintió y manipuló con velocidad unos botones de luz en el panel de operaciones.

—Preparados.

—Llegamos a la zona indicada por el Guardián Naranja. —Jazmín extendió las uñas filosas; su expresión nunca había sido tan seria.

—Comenzamos el rastreo de la Esfera Pretérita. —Gurt presionó el comando fosforescente que titilaba en una de sus pantallas.

De pronto, la nave empezó a sacudirse.

—¡Los athoths nos atacan! —gritó Mascha con el pelo erizado—. Es tal como nos informó el Guardián Naranja. Son tan extraños que no podemos percibirlos.

—¡Aumenten las defensas! ¡Disparen al azar! Aunque no seamos capaces de verlos, algún ataque acertaremos. Distráiganlos mientras localizamos la Esfera Pretérita. —Lucía estaba hecha una furia, ninguno se atrevería a desobedecerla.

—¡La estructura de la nave peligra! —gritó Mascha.

—¡No puedo evadirlos, capitana! —Jazmín pulsaba teclas sin cesar, tratando de resolver el problema—. No sé de dónde vienen sus disparos. —Largó un bufido antes de golpear el panel con frustración.

—¡Encontré el objetivo! Está oculto en Hemera, un planeta cercano —informó Gurt, y rugió cuando sus hologramas se deformaron—. Los escáneres fallan... Hay interferencias. No puedo calcular si lo alcanzaremos antes que ellos.

Cuando la nave volvió a sacudirse, sus tripulantes apenas pudieron sostenerse. Sonaron las alarmas y los hologramas informaron desperfectos técnicos. «Evacuar, evacuar», rezaban los carteles brillantes.

—¡La nave ya no resiste! —Mascha, tomado con sus garras de los controles para no salir despedido, gritaba sobre los chirridos del metal para que alguno lo escuchara.

De repente, todo se detuvo. Estaban cubiertos por una luz azul. Enseguida los sistemas se normalizaron y se actualizaron, la nave se reparó. En la pantalla central aparecieron las naves enemigas: eran estructuras de colores y formas desconocidas. Las enfrentaba una figura resplandeciente.

—Es el Guardián Azul... ¡Él nos salvó! —exclamó Mascha mirando los datos en la pantalla—. Sus duendes mecánicos se teletransportaron hasta aquí y están terminando de hacer ajustes en el interior de la nave. ¡Tenemos nuevos láseres listos para acribillar a los athoths!

La capitana Lucía se levantó de un salto entre los restos de maquinaria que habían quedado desparramados por la cubierta de mando, se quitó unos cables del pelaje y

caminó hasta su silla. Sonrió, triunfal, antes de acomodarse y señalar hacia el visor que mostraba a los adversarios.

—¡FUEGO!

Una ola de rayos azules invadió el espacio.

El equipo de cánidos y félidos recuperó la Esfera Pretérita de Hemera, el planeta desértico, y entre sus dunas enormes hicieron el clásico saludo terrestre: estrecharon la mano de Agustín, el Guardián Azul.

—Gracias por salvarnos —agradeció Lucía con plena sinceridad.

—No hay de qué. Los enemigos pueden regresar en cualquier momento, pero ahora estamos preparados para verlos y para enfrentarlos.

—De nuevo, gracias a ti.

—Y a ustedes que lucharon con todas sus fuerzas. ¿Qué haremos con la Esfera Pretérita? —preguntó Agustín—. Debemos esconderla en un lugar seguro.

A sus espaldas surgió un portal carmesí. Todos giraron hacia él y vieron aparecer al Guardián Rojo, uno de los pocos viajeros hombres, acompañado por la reina de las viajeras. Agustín sonrió y se saludaron.

—Podemos ayudarlos. Conocemos una dimensión segura donde esconderla —dijo Astrid.

Lucía y su equipo estuvieron de acuerdo. Volvieron a su nave y se alistaron para trasladarse con Astrid y el Guardián Rojo. Agustín se acercó hacia él y lo abrazó con afecto.

—Amigo mío, envíale mis saludos al resto de los guardianes. Volveremos a vernos pronto.

Mariposa negra

Una vez más, las voces frías comenzaron a hablarle en la noche. Quiso ignorarlas porque la última vez que había hecho caso a susurros de otros mundos, había terminado a merced de los Antiguos, arrastrada por el odio y la sed de poder. Sin embargo, poco a poco, a medida que el rechazo de sus compañeras viajeras aumentaba, ella se resistía menos.

Arcania había fallado en la prueba y ya no podría ser candidata al trono del reino de las Viajeras. Las demás se veían felices. Ninguna quería que la Oscura, que había servido a los Antiguos, tuviera alguna chance. «Quizá esto sirva para que me dejen tranquila», pensó. «Ya habrá otras oportunidades».

Esa misma noche, se abrió un portal debajo de su cama y fue transportada al mundo de los calaveras. Arcania recordó a la viajera reptil y a sus aliadas y supo que estaban detrás de esto. Trató de abrir un portal de regreso, pero los calaveras fueron rápidos: cayeron sobre ella y la dejaron inconsciente.

Lloró, presa en la mazmorra. Cuando vinieron los calaveras, desenterraron sus recuerdos más dolorosos. Ella los revivió y sus sentimientos salieron como un líquido flotante que los calaveras absorbían.

Vio a sus padres, que la echaron al manifestarse su magia: le aparecieron alas, el cabello creció, la mirada cambió. Los hechiceros también la rechazaron. Las brujas la

recibieron, pero no querían enseñarle porque su magia era diferente y les daba miedo. A los pocos años, Arcania se fue y aprendió sola. Era tan buena que los hechiceros y las brujas se aliaron para destruirla. Acabó con ellos y con todos los que siguieron, una y otra vez, en cada reino y dimensión. Todos querían eliminar la extraña magia de Arcania, excepto los Antiguos. Por eso decidió servirles, aunque el resultado fuera la destrucción.

Arcania fue rescatada de los calaveras por Valfreya y Astrid. Mientras se recuperaba en la Torre de Sanación, recordó las palabras de la reina: «Analizamos la energía del portal que te llevó al mundo de los calaveras, pero no pudimos descubrir a quien lo creó, ya que ocultó sus huellas». Sin pruebas, la reina Astrid no podía inculpar a la viajera reptil y a sus aliadas. Arcania enfureció. «Ya no confío en ella», se dijo.

Esa noche, una mariposa de humo negro entró a su habitación. Al principio le costó verla. Tenía una oscuridad distinta a la que había conocido antes. La mariposa se posó en sus manos y Arcania notó un brillo tornasolado. «Somos los athoths», le dijo con muchas voces. «Tenemos una propuesta para hacerte».

Reflejos futuros

La reina Astrid entró a la cámara y tomó el Cubo Cronal. Ya que la Esfera Pretérita no caería en manos de los athoths, quiso saber si el futuro había cambiado. Encendió el artefacto y aparecieron imágenes brillantes a cada uno de sus lados. Lo tocó y entró a uno de los futuros alternativos.

Eres Arcania. Conspiraste contra las viajeras y las abandonaste. Reuniste un ejército de seres oscuros del multiverso, dispuesto a servir a los athoths. Estos te prometieron la tecnología de la Esfera Pretérita. Sin embargo, Astrid se adelantó y usó el Cubo Cronal para informar a los félidos y a los cánidos. Ellos, con la ayuda de un par de miembros de los Guerreros Arcoíris, vencieron a los primeros athoths y se apoderaron de la máquina cósmica, quitándote la ventaja.

Muchas veces te arrepentiste de servir a los athoths, tan similares a los Antiguos, pero ya es tarde para echarte atrás. Tomas tu cayado, su cuarzo de ónix vibra y te preparas para guiar a tu ejército oscuro en la guerra contra las viajeras y sus aliados.

Te encuentras frente a Valfreya en un cráter, entre las ruinas de una ciudad muerta. Tu ejército había caído e ibas a ser derrotada por las fuerzas combinadas de las viajeras, los eónidas, las hélix y muchas otras razas estelares, pero lograste escapar y Valfreya, la hija de la reina

Astrid, te siguió.

—¿Por qué nos traicionaste? —te pregunta—. Mi madre confiaba en ti y no dudaste en destruirla.

Sientes una punzada de culpa y te esfuerzas por ignorarla.

—Mi plan era recrear el multiverso con los athoths. No importaba a quién tuviera que destruir para conseguirlo, ya que en el nuevo multiverso podría resucitarlo.

—¿Realmente les creíste esa mentira? Tu plan falló, ellos huyeron a su multiverso. Nunca podrás resucitar a mi madre.

Valfreya grita y se arroja sobre ti. Su lanza eléctrica choca contra tu espada y la destruye. Usas hechizos para debilitarla y se protege con campos de fuerza. Aun exhausta y herida, abres portales que traen monstruos a tu servicio, pero ella los aniquila con un láser. Caes rendida. La hija de Astrid te golpea furiosa.

—Lo siento —dices cuando te toma del cuello.

—¿Ahora lo sientes? —te grita con odio.

—En verdad creía que iba a poder construir un multiverso mejor —aseguras, mientras Valfreya crea un portal bajo tus pies y sientes el fuego estelar.

—Cualquier multiverso es mejor sin un monstruo como tú.

—Vuelvo a ser un monstruo, como siempre —dices antes de que te arroje al portal. Te arrastra a un lugar donde sientes un ardor infinito durante un segundo; después, todo se vuelve oscuro.

Eres Valfreya. Observas una estrella que titila y sabes que Arcania está acabada. Te recuestas en el suelo ajado del cráter y lloras. Deberás reconstruir el reino de las Viajeras en honor a tu madre. Cierras los ojos y recuerdas tu vida en uno de los planetas Tierra antes de ser viajera y luego, hélix. Mamá la cena y prometió llevarte a comprar ropa. Se rieron y hablaron de un futuro en el que te imaginaste siendo una científica. Después, leyeron un libro con cuentos cortos sobre monstruos, razas estelares y niños con poderes. Lo terminaste esa misma noche y lo guardaste en el estante. Fuiste a tu cama y cerraste los ojos. Cuando vuelves abrirlos, sigues en el suelo ajado de un cráter, entre las ruinas de una ciudad muerta.

La reina Astrid emergió del futuro posible conmocionada. Lloró un poco y salió al jardín del castillo a despejarse. Era de noche en el reino de las Viajeras y casi todas dormían. Vio la ventana del cuarto de Arcania todavía iluminada. ¿Y si acababa con ella ahora? Sabía que en un futuro alternativo iba a ser la mejor reina y llevar la paz a todo el multiverso, algo que ninguna otra sería capaz de conseguir, pero ¿valdría la pena arriesgarse si sabía que había tantos futuros oscuros que también podrían cumplirse?

Astrid suspiró y volvió a tomar el Cubo Cronal. Lo giró y entró a un nuevo futuro alternativo.

Eres Arcania. Valfreya grita y se arroja sobre ti. Su lanza eléctrica choca contra tu espada y la destruye. Usas hechizos para debilitarla y se protege con campos de fuerza. Aun exhausta y herida, abres portales que traen monstruos a tu servicio. Tu oponente trastabilla y una bestia de Óratran abre sus fauces y la engulle. El monstruo estalla y tu enemiga surge de entre la sangre. Tambalea, su tecnología fluctúa; aprovechas para disparar un rayo y logras herirla. La tomas del cuello, creas un portal bajo sus pies donde arde el fuego estelar y la arrojas.

Observas una estrella que titila y sabes que Valfreya está acabada. Te recuestas en el suelo ajado del cráter y lloras. Sabes que los athoths te mintieron y que, aunque hubieses triunfado, no habrías podido recrear un multiverso mejor con Astrid, Valfreya y todo lo que destruiste. No sabes qué te harán las razas estelares si te encuentran. Deberías huir, pero ¿adónde? Los athoths han regresado a su multiverso, que está más allá del alcance de tus poderes.

Cierras los ojos y recuerdas una tarde en el jardín de las viajeras. Estabas sola, como siempre, leyendo bajo un roble. Valfreya conversaba con sus amigas cerca del aljibe. Durante un segundo cruzó su mirada con la tuya. Se quedó en silencio unos instantes y luego siguió hablando. Tomaste los libros y fuiste hasta la torre. Un rato después, mientras leías en tu habitación, tocaron a la puerta. Era Valfreya.

—Hace poco visité el mundo de los existentes. Es brillante, está lleno de colores y sus habitantes tienen poderes muy divertidos. Pensé que te gustaría conocerlo.

—Es interesante.

—Quedamos así. Lo visitaremos el próximo día libre —dijo y se fue. Cerraste la puerta contenta. Por fin tenías una amiga.

Pasaron las semanas. Estuvieron muy ocupadas y no fueron al mundo de los existentes, tampoco se cruzaron, solo aquella vez en que Valfreya espió tus recuerdos en el fuego azul. Te sentiste ofendida y no volvieron a hablar. Ella se fue a entrenar con las hélix. Regresó una noche, después de mucho tiempo, y la notaste diferente. Quisiste acercarte a ella, pero te ignoró. Cuando cerraste los ojos, las voces frías empezaron a hablarte.

Abandonas el recuerdo y abres los ojos en el suelo ajado de un cráter, entre las ruinas de una ciudad muerta.

Astrid salió del futuro posible y abandonó la cámara con una sonrisa. Creía haber descubierto cómo generar un nuevo futuro. De pronto, las luces del castillo se apagaron y vio al resto de sus habitantes congelados en el tiempo. Surgió una luz magenta y la reina observó a un hombre con una armadura de ese color, rodeado de números y líneas holográficas. Era uno de los Guardianes Arcoíris.

—Soy el Guardián del Tiempo. Has abusado del poder del Cubo Cronal, ya no puede estar a tu cuidado —dijo.

Astrid asintió, avergonzada. Cuando la luz desapareció, también lo hicieron el guardián y la cámara del Cubo Cronal.

Un nuevo destino

Valfreya temía a Arcania, igual que el resto de las viajeras. Incluso más, porque había conocido sus futuros oscuros. Sin embargo, no estaba de acuerdo con lo que habían hecho las viajeras criminales. Enviarla a la dimensión de los calaveras había sido una abominación. Valfreya quería probar la culpa de las sospechosas y que la reina las expulsara. Sin embargo, ahora todo era más difícil: el Guardián Magenta se había llevado el Cubo Cronal; no podían ver el pasado. Además, continuaban las pruebas para las candidatas al trono y demandaban mucho esfuerzo. Valfreya había pasado casi todas. Había pensado en renunciar en protesta por lo sucedido a Arcania, pero eso les daría la ventaja a otras viajeras, entre ellas a las criminales.

Esa noche soñó con el árbol-matriz. Le mostró una de sus flores, donde pudo ver la silueta de una nueva hélix alada, diferente, que iba a ser parte de su futuro y necesitaría su guía. Valfreya despertó y recordó que debía estudiar para las pruebas. Se encogió de hombros, dejó los libros en su escritorio y faltó tanto a las clases como al entrenamiento. Cruzó el jardín, subió a la torre donde vivía Arcania y tocó la puerta de su cuarto.

Cuando abrió, Valfreya sintió una energía rara. Observó las ojeras de la chica. «Tal vez esto es una mala idea», se dijo. «Quizás Arcania no tenga salvación y terminaremos como enemigas mortales». Estaba por inventar una excusa e irse, pero vio un gato negro en la ventana. «Si le gustan los gatos, no puede ser tan mala», pensó.

—Hablaré con mi madre para que suspenda las pruebas hasta que encuentren a las que te enviaron al mundo de los calaveras —dijo Valfreya.

—No me importa —contestó Arcania.

—Podemos hacer una protesta —insistió—. ¡Ya sé! ¡Vayamos al mundo de los existentes! Al final, nunca lo visitamos juntas y, no sé tú, pero yo necesito unas vacaciones. La ausencia de la princesa de las viajeras en las pruebas será un escándalo tremendo. Diré que estoy ofendida por lo que te hicieron.

Arcania sonrió.

—Luego de visitar a los existentes, podemos recorrer el multiverso. Entrenar y estudiar juntas, por nuestra cuenta, y presentarnos en la nueva ronda de pruebas —sugirió, tímida.

Los ojos de Valfreya se iluminaron.

—Voy a preparar mi equipaje. Nos espera un viaje increíble —aseguró.

La mariposa oscura en la habitación de Arcania fluctuó y desapareció. Las voces se callaron.

Matías D'Angelo

 matiasdangelo
 Matías D'Angelo
 matidangelo@yahoo.com

Matías Alberto D'Angelo nació en General San Martín en 1984. Es periodista y locutor. Ha trabajado en distintas emisoras de radio y en agencias de publicidad.

Sus primeros relatos y poemas vieron la luz en *blogs*, *webs* y revistas físicas y digitales.

Tras destacarse en varios concursos de Wattpad con sus cuentos, recibió un premio Watty (el galardón anual más importante de dicha plataforma de lectoescritura) por su novela *Somos Arcanos: Recuerdos perdidos*, que fue publicada por Editorial Vanadis en 2019. Ese mismo año, Monoambiente Editorial seleccionó su obra *Vecina Oscuridad* como parte de la colección Miniambientes.

Otras de sus obras son *Selfpoético* y *Te rescataré del Infierno*.

Actualmente trabaja como locutor redactor en el servicio de noticias de las radios de la Ciudad de Buenos Aires: La Once Diez y FM 92.7 La 2x4.

Sabrina Mariel Roldán

SassyArts_by_Sassy
/SassyArts
ariaencanto2013@gmail.com

Más conocida como Sassy, Sabrina Mariel Roldán es una artista, ilustradora y mangaka nacida en Morón (Buenos Aires, Argentina). Si bien realizó sus estudios en la Escuela Ola, mucho de su aprendizaje y desarrollo de estilo han sido de forma autodidacta.

En el 2010 se inició en el rubro digital, ilustrando para videojuegos de una empresa de Brasil. Mientras tanto, participó en diversos concursos de dibujo y siguió formándose en manga de manera profesional.

A partir de 2015 comenzó a desempeñarse como ilustradora freelance y a participar en eventos como Argentina Comic-Con, Multiverso y AnimeExpo.

Actualmente se dedica a ilustrar libros y cuentos, y a trabajar en su manga *Ghost Town* y otras historias auto-conclusivas.

Índice